必有一戰，
只為一人。

護心

BACK FROM THE BRINK

下卷

九鷺非香 著

目錄

第十六章　殺入廣寒

此後雁回每天夜裡來冷泉，都未再見過天曜。

過了幾天，雁回雖未完全將筋骨接好，但比起之前的情況已好了許多，她估計著或許再過十日，筋骨便能完全接起來了。那冷泉水著實有奇效。

這些天幻小煙撒歡一樣在青丘地界到處竄，四處結交妖怪朋友，好似要將前幾十年缺憾的交友之樂都找回來一樣。每天幻小煙也在閒暇時，給雁回帶來許多小道消息。

比如說，她如今能借這冷泉來治癒身上的傷，其實並不是那麼簡單的。

據幻小煙說，這冷泉以前是青丘國國主為了給他那人類夫人續命，特意尋的一處極具靈氣之地，施以陣法，聚至純至淨的無根水而成。在國主夫人還在的時候，這冷泉只有國主夫人沐浴，後來國主夫人去了，便只有九尾狐一族受了重傷的人可以以此泉水來調理。

而雁回之所以能進去，是因為那千年妖龍不知道和青丘國主做了什麼交換，她才可以去的。

是天曜，為她尋來的轉圜之機。

知道這件事後，雁回便想尋到天曜與他好好聊聊，是道謝，也是想快些開始與天曜研究那《妖賦》。只有讓自己強大起來，她才可以為人報仇，也為自己報恩。

可這些天雁回不管在哪兒都碰不著天曜。

雁回刻意去找了他兩次也不見人，雁回算是懂了，天曜這是在躲著她呢。以他們倆現在這懸殊的修為差距，天曜要躲她，雁回就算是長了透視眼也找不到。

雁回覺得好笑，難不成這千年妖龍，還因為她上次扒了他衣服在害羞不成？他當時不是表現得滿淡定的嗎，現在躲著到底是為了個甚？

想不明白，雁回本著怕麻煩的心思，也就懶得去管他了，反正……他總是要出現的。

反正，天曜是不會離開青丘的，他也是不會離開她的。雁回摸了摸胸口，她可是有他的護心鱗呢。或許她現在內心裡對誰都不信，但她相信天曜。

是日，雁回正在屋裡拿著《妖賦》研究，奈何裡面許多詞語生澀，有的心法與之前雁回修仙所用心法根本就是背道而馳，她看了半天，看得含含糊糊，這本以人身修妖道的書，沒有天曜，她或許還真無法練成。

她正愁著，幻小煙倏地從窗戶闖入。幻小煙在她那個幻妖王宮裡自由自在慣了，去哪裡從來都不管正門在哪裡，只要方便她進去就行。她沒規矩，雁回也不管她，只換了個姿勢看書：「別吵我，我看書呢。」

「主人妳這幾天不是要找那個天曜嗎？」

雁回聞言，手裡的書沒放，耳朵卻立了起來。

「我剛瞅見他啦。」

雁回默了一會兒，到底是轉過了頭：「在哪兒？」

幻小煙卻問她：「妳不是要看書嗎？我不吵妳啦，我接著討餅吃去了。」

雁回翻身而起，一把揪住了幻小煙的後領，將她拉了一圈，轉了過來。雁回本來想接著問，但瞅見幻小煙手裡拿著的餅，雁回愣了愣：「這是什麼？」

「月餅啊，主人妳沒見過？」

雁回當然見過，只是中原的月餅和青丘的月餅形狀有點不一樣罷了。

雁回有幾分愣神地問：「今日是秋月祭？」

幻小煙點頭：「對呀。」

雁回一個激靈就翻身下了床：「現在什麼時辰了？」沒等幻小煙回答，雁回自己跑到窗戶邊看了看外面已經開始擦黑的天色，然後一邊穿鞋一邊急急地問：「妳剛說在哪兒看見天曜的？」

幻小煙被忽然激動起來的雁回弄得一愣一愣的：「就妳平日去冷泉的那條路上啊……」

話音都沒落，雁回便拉門出去，急慌慌地往冷泉那邊跑去。

今日秋月祭，乃是一年之中月亮最大最圓的時候，每個滿月之夜天曜那般痛苦，今日只怕是要承受更多的疼痛。他雖然現在已經找回了身體的那麼多部分，可痛苦好像也並沒有減少多少。

雁回跑到林中的時候，圓月已經在東邊山頭上冒了一個頭出來。

妖族中許多妖怪對月光也有特別的反應，有的會變得格外安靜，而有的則會變得尤其狂躁。是以在這一夜的森林當中，即便是雁回走熟悉了的路，也生出了與平日不太相同的氣氛。

月色讓樹林變得朦朧，快到冷泉之際，雁回一心向前，她隱隱約約看到那方有一個巨大的動物在地上翻滾著。正在心神盡數投在那方之際，忽然之間，斜刺裡一股大力衝來，雁回毫無防備，逕直被撲倒在地。

來者一身扎人的毛，嘴裡盡是瘆人的血腥之味，惡臭撲鼻。雁回都未來得及看清撲向她的妖怪到底是什麼物種，牠便對著雁回的脖子咬來。

溫熱的牙齒都已經觸碰到了雁回的皮膚，電光石火之間，一聲龍嘯好似自天邊而來。

雁回只覺周身一輕，壓著她的妖怪霎時不見了蹤影，旁邊傳來動物哀號慘叫的聲音。

雁回往旁邊爬了兩步，離開了距原地一丈遠的距離，這才轉頭一看，大樹被月光照出了陰影。在那黑色的陰影當中，全然無妖力的交鋒，只聽到粗獷的撞擊聲，便真如動物最原始的爭鬥一樣，不過片刻，那方便徹底沒了動靜。

雁回如今沒有法力傍身，她瞇著眼睛努力想看清那黑暗之中的情況，卻依舊一無所獲。

她撐著背後的樹，站起身來：「天曜？」她試著喚了一聲。

沒有動靜。她定了定心神，往前走了一步，便是她這一動，那方倏地風起，龍身霎時騰空而起，衝入天際。雁回抬頭只見那龍飛上了天，在巨大月亮的光芒之中被剪出了一個影子。

但那龍並未遨遊多久，便掙扎著從天上落了下來。看得出來，天曜在奮力掙扎，意圖努力平穩自己的身體，但好像太痛了，他根本控制不住。

只聽「砰」的一聲，天曜落入前方的冷泉之中，水花四濺，周遭一片狼藉。

雁回拔腿便往冷泉那方跑。

待她跑到冷泉旁邊，天曜已經掙扎著從水裡翻了上來，明亮的月光照遍他的全身。雁回睜著眼睛，看著他遍體鱗傷，驚駭得說不出話來。

這是龍嗎？

他的鱗甲盡數被剝，每一片曾經有鱗甲的地方便是一個傷口，有的地方甚至傷得深可見白骨。從頭到尾，他身上沒有哪一塊地方是好的，傷口太密集，甚至讓人不可控制地感覺到頭皮發麻的恐懼。

雁回這才知道當初天曜輕描淡寫地說出來的剜心削骨，是多麼令人驚駭的手法。

他在地上掙扎著，似乎痛不欲生。

「天曜……」

雁回喚了聲他的名字，往前進了一步。

這一聲恍似將天曜喚醒了似的，他一轉頭，猛地對雁回一聲嘶吼，像是在恐嚇她，讓她不要靠近，不要過去。他緊緊盯著雁回，尾巴往前蜷，好似想借尾巴擋住他滿是傷痕的身體。

雁回咬牙，堅定了目光：「我的血不是可以讓你好受一點嗎？」她向前走了兩步，伸出手腕。「來。」

天曜往後退，雁回便向前。

長長的龍鬚在空中揮舞，舞出的弧度好像是在拒絕雁回的靠近。

雁回一狠心，一口咬破手腕，傷口不深，但足以讓血液滲出，血腥味溢出，一時將周遭的空氣都染上了這股味道。

天曜好似有些躁動。

雁回繼續上前。

天曜終於忍無可忍，一聲龍嘯，撲向雁回。雁回不躲不避，風聲先呼嘯至她的身邊，撩起她的青絲與衣袍。

天曜撲至雁回面前，卻只是用龍角將她一直往後推，直到雁回後背抵上了一株大樹，天曜才不再推她。他往後退，意欲離開。

雁回毫不猶豫伸手一把就將他的龍角拽住：「喝我的血。」她說，語氣近乎命令。「如果這樣可以讓你輕鬆，那就選擇這樣快捷方便的方式。我不痛，也不會有多大損失。」

天曜甩頭，雁回拽著龍角不鬆手。

天曜猛地掙一下，掙不脫，他一張口，巨大的嘴衝著雁回發出長嘯聲，聲音將大地都震動了。他的尾巴在地上胡亂拍著，似乎在對雁回生氣，又似乎是因為疼痛而控制不了自己的身體。

雁回不管不顧，趁著天曜張嘴，便將手腕的血抹在了他舌頭上。她的血似乎對天曜有著極大的誘惑，畢竟是可以在極痛當中緩解他疼痛的藥，對誰來說，這都是誘惑。

天曜尾巴甩動，逕直打斷了旁邊一株粗壯的樹木。龍頭往前一送，鋒利的牙齒便停在了雁回的頸邊。

「這裡不行。」雁回沒動，她只是冷靜地說著。「咬脖子就死了，不可以咬這裡。」隔得這麼近，於是雁回也聽到了天曜喉嚨裡發出的聲音，他體內似乎也在進行著劇烈的掙扎。

最後，牙齒到底是離開了雁回的頸項，他的鼻尖觸在雁回胸膛之上。他喉嚨裡發出「咕咕」的聲音，像是動物在警戒的時候發出的低吼，又像是在受傷後尋求安慰的撒嬌。

雁回將手腕拚命塞進天曜的牙縫裡，將血抹在他的牙齒上。

天曜掙扎，她抱住天曜的頭，幾乎用盡全力，血一點一點地滲進他的口中。血液帶來的暖意也一點一點地滲進他的身體裡面。

月上中天，然而天曜漸漸地安靜了下來。

雁回背靠著樹，天曜的腦袋抵著雁回，那麼威武的身形，卻像是寵物一樣安靜。他倆立在夜裡，好似能立成一幅畫。

不知過了多久，月亮漸漸隱入了黑雲之中。

天曜渾身漸漸癱軟在地，他周身光華一轉，變為人形。

剛化為人形，他便直接往地上倒去，雁回連忙抱住他的腰，撐住他的身體，觸手才發現，天曜這是……全然光著身體呢。

想來也是……之前那次他從冷泉出來，是法術還在，神志清醒，當然知道給自己變身衣服來穿。但現在他昏迷不醒，神志全無，哪能知道給自己穿衣服……

雁回垂頭看了光溜溜的他一眼。

「我也算是找回來了。」她說著，艱難地褪下自己的外衣，給天曜披了上去。然後便滑坐在地上，讓天曜枕著她的腿靜靜睡覺。

她望著透著月光的雲長舒一口氣，折騰了這麼大半天，對於沒有法術的她來說，也是極大的消耗啊。

不過總算是把這一晚給熬過去了。

雁回垂頭看了看在她腿上睡得像個孩子的天曜，摸了摸他汗溼了的鬢髮，想著他剛才那滿是傷痕的身體，不由得呢喃：「所以，你來冷泉也是為了療傷嗎？」

「……不想被看見……」

雁回一愣，沒聽清天曜這句像是在說夢話一樣的嘀咕：「什麼？」

「不想被妳看見，那麼醜陋的我。」

這句呢喃，不知為何，忽然之間像是變成帶著倒刺的長鞭，抽得雁回的心驀然一痛，一股澀意哽在她喉頭。

所以，之前她來冷泉，而他卻躲著不肯出來，竟是有這樣的思慮藏在心中嗎？

他翹著尾巴支撐著她的身體，讓她得一夜好眠，而他卻把頭埋在水底，心裡卻藏著這樣近乎自卑的心思嗎？

雁回摸了摸天曜的臉頰：「真正醜陋的，從來不是你。」雁回道：「是傷你至此的那顆人心。」

夜幕退去，拂曉之際，天曜慢慢睜開了眼睛。

遠處有鳥鳴之聲傳入耳朵，十分清新，好似能洗淨一夜的深沉與黑暗。他臉上有癢癢的感覺傳來，伸手輕輕一抹，卻是拈住了一綹青絲。

順著這長髮往上一看，他這才看見雁回光潔的下巴。清晨帶著暖意的陽光灑在她的臉上，讓她整個人看起來有一種讓人安心的溫暖。

她背靠在樹上，頭微微向後仰，嘴巴張開，均勻地呼吸著，代表著她正沉睡在安靜的夢中。天曜一怔，坐起了身來，他左右一望，發現自己竟這樣枕著雁回的腿睡了一宿。

他起身的動靜驚醒了雁回，雁回手先在空中抓了一下，幾乎是下意識地拽住了他的手掌：「怎麼了？又痛了？」

天曜看了看雁回的手，又抬頭靜靜地看著她。

天曜盯了睡眼朦朧的雁回許久，雁回這才回過神來：「天亮了嗎？」她揉了揉眼睛。「可算是折騰完了。」

她伸了個懶腰，想站起身來，可剛一動腿，便悶哼了一聲，緊接著便抱住腿沒再說話。天曜見她這模樣，只默默地轉了身，背對著她蹲下：「上來吧。」

雁回看了看他寬闊的背，怔了怔，倒也沒和他客氣，逕直爬上了他的背，圈住了他的脖子。雁回手腕繞過天曜脖子的時候，天曜不經意地看見了她手腕上乾涸的血跡，還有被雁回自己咬得亂七八糟的傷口。

他喉頭一哽，沒有言語。

將雁回背穩了，天曜便邁著沉穩的腳步，慢慢往回走去。

雁回趴在他已變得足夠寬厚的肩頭上，不由得有些失神道：「昨晚秋月祭……」話開了個頭，她還在琢磨要如何說才能不觸碰到天曜的傷口，天曜便接了話頭：

「嚇到了？」

「那倒沒有。」雁回道：「只是……你每年的這個時候，都會如此嗎？」

「以前更難看一些。」

雁回聞言，竟一時再難開口。她默了許久，從後面摸了摸天曜的腦袋：「會好的，等找到龍心就好了。很快了。」
她手掌在他的頭上輕撫而過，比這千年以來天曜沐浴過的任何一場春風都溫柔。
於是他便在她根本談不上安慰的安慰之下垂下了眼瞼，柔軟了目光。
雖是秋意已起，但內心卻無半分寒涼。
天曜背著雁回走到燭離府前的時候，正巧遇上穿得比平時都要正式許多的燭離。但見天曜將雁回背著回來了，本急匆匆往外趕的燭離倏地頓了腳步：「這是怎麼了？」他問：「昨夜秋月祭不見你倆人影，現在竟然背著回來？雁回妳傷更重了嗎？」
雁回面不改色地撒謊：「昨晚打坐久了，腿麻。」
聽得這句話，天曜神色不由得僵了一瞬，耳根處不由自主地起了幾分躁熱。他輕咳一聲，掃了燭離一眼，難得主動開口詢問燭離：「你這身打扮是為何？」
這一問倒是精準地岔開了話題，雁回也上上下下打量了他一通：「你們九尾狐一族這是也學了那凡人的模樣開始上朝了？」
「青丘哪有朝會？」燭離瞥了她一眼。「今日我皇姊回青丘了，我們都得去見她。」
雁回挑眉：「你皇姊？」
「我大皇叔的女兒，這些年一直在中原。對了，今日王宮有晚宴……」他正說著，遠處傳來了吹號的聲音，燭離身後的老僕催道：「小祖宗，要遲啦！」

「知道了。」燭離道：「我先走了。晚宴記得來啊！」言罷，未來得及再看兩人一眼，他便火急火燎地帶著他的老僕趕了過去。

雁回琢磨了一番，燭離大皇叔的女兒，不就是他們妖族太子的女兒嗎？這樣身分的人，這些年為什麼一直在中原？而且竟然還沒被發現，想來必定是極有手段的一人。

而現在像這樣一直待在中原的人都回青丘了，想來，上一次妖族邁過三重山必定是給修仙者帶來了不小的衝擊，中原的局勢，很是不太平啊……

待得到了房中，天曜剛將雁回放到床上，雁回眼一斜，便瞅見了昨日自己急著出門，隨手扔在床上的《妖賦》。她眼睛一亮，都未等天曜直起腰來，便一把將他的胳膊拽住，拽得死死的，像怕他跑了一樣。

天曜一抬眸，便見雁回拿了《妖賦》，目光灼灼地盯著他：「說好的教我修煉這本心法呢？」

天曜默了一瞬：「筋骨都接好了嗎？」

「未完全好，不過可以開始練氣了。」

天曜一反手便握住了雁回的胳膊，簡單捏了兩下，隨即點頭：「是可以開始練氣了，明日——」

「不，現在便開始。」雁回逕直打斷了他的話。「我一刻也等不了了。」

「好。」

天曜接過《妖賦》，翻了第一頁，沉心研讀一番後，便問：「妳可看過此書了？」

「看過了。」

「哪兒不懂？」

兩人你一言我一語地討論，漸忘時辰，直到天色暗了下來，幻小煙破窗而入，蹦躂進來，大聲喚道：「吃飯啦，燭離叫你倆吃飯去啦！」

適時雁回正在床上打坐，氣息剛在身體裡運行完一整個周期，她睜開眼睛，並未理幻小煙，只對天曜道：「我感覺經脈逆行，這可是對的？」

「妳之所以感覺經脈逆行，是以曾經修仙的標準來判斷的。而今妳要做的，是把以前的一切盡數忘光。」

雁回一怔，卻在此時不適宜地想起了過去十年凌霄指導她修仙道之時的點點滴滴。她失神了一瞬，在幻小煙喊著「主人妳不餓嗎？」的聲音中，被迫回神。

「餓。」雁回站起身來。「走，去見見他們九尾狐一族的宴會。」

自打上次見過青丘國主之後，這是雁回第二次來到青丘國主所在的這座山峰之上。

與之前空靈飄渺的氣息不同，今晚在這些巨木之間更多了幾分喜慶的意味。

小狐狸們嘴裡銜著紅果子，有的在洞裡吃得開心，有的推著果子到處滾。

雁回與天曜被人一路領著入了青丘國國主所在的巨木王宮之中。門扉打開，巨木之中依舊空曠，只是內裡樹壁之上依次向上排了許多位置，直至頂端。雁回仰頭，但見巨木之內，樹壁之上每隔三丈便有法術勾勒出的透明平臺，供妖族歌女舞女在上歌舞，供在場各妖族之人觀賞。

越是往上，歌舞越是精湛，直至頂端，便只有九尾狐一族的人方能涉足。

領路人帶著雁回與天曜繞著巨木內盤旋而上的過道一直往頂層走，路過每一層，所有的妖怪都以好奇的目光打量著他倆，更多的是在看天曜。

千年妖龍，若不遭劫數，或許是能與青丘國國主相媲美的人物，在弱肉強食的妖族中，誰人不對他感興趣？

天曜目不斜視，只自顧自地邁步向前走，像是將誰也沒有放在眼裡。

雁回卻在他身後左右探看，她走路不專心，一時不察，到底是不慎絆了腳。往前摔之時，天曜比雁回身後跟隨的幻小煙出手更快，扶住了她。

明明……他一個眼神都沒落在她身上的樣子。

快到頂上，僕從禮貌地領走了幻小煙，讓她去下層玩樂，雁回與天曜踏上了最高層的平臺。

一步邁上最高層，視野登時開闊，整個青丘包括遠處的三重山也盡數納於眼底，頭頂的星星像是伸手就可以摘到一樣那麼近。

掌握這妖族權力的所有九尾狐盡數到場。天曜只對坐在主位上的青丘國國主點頭示意，隨即不管還有誰盯著他，便當看不見一樣，走到一邊，在空著的位置上坐下。

而雁回本是想跟著他走到一邊，但當她目光落在青丘國國主身邊那人的身上時，卻徹底愣住了。那人與青丘國愛穿白衣的九尾狐不一樣，她一襲紅袍豔麗奪目，絕色容顏美得直教人心蕩魂移。

「弦……」雁回不敢置信地呢喃出聲：「弦歌？」

她這一聲雖輕，但在場的都是何等人物，自然是將她脫口而出的這個名字聽在了耳朵裡。眾人皆頗有興趣地打量著兩人，青丘國的大皇子聲音渾厚，打破了沉寂：「倒是巧了，小女竟與雁回姑娘是舊識？」他笑道：「弦歌，不與為父說說，妳是如何識得這雁回姑娘的？」

弦歌……

她竟然是這青丘國儲君之女，是燭離的皇姊，是那個一直待在中原，極有手段的女子……

雁回一時愣神。

卻見弦歌就地坐著，輕淺一笑，眉眼勾人：「雁回姑娘當初女扮男裝，在中原調戲小女來著，這調戲著調戲著，便也就調戲得熟悉起來了。」

她這話一出，在場的人都笑了起來。

弦歌望著雁回似嘆似笑：「早日我便聽說雁回來了青丘，我想此次回來或許能遇見，卻不料竟是在這種境況之下……雁回。」她喚她，笑容有點無奈：「妳這般驚訝，可是怨我在中原瞞了妳真相？」

聽得她的問話，雁回默了一瞬，隨即便搖頭：「沒什麼好怨的，妳又不曾害過我。」

不僅沒有害過她，還幫了她不少的忙。

得了她這句答，弦歌笑了笑，遙遙敬了雁回一杯酒：「雁回總是心懷廣闊的。」飲了酒，她便不再多言，在這樣的場合裡，實在也不便再多言。

雁回便默默地走到天曜身側坐下。

她腦子裡不停地回想著過去，其實想想也是，以前覺得弦歌神祕的地方，如今冠上了這個身分，倒也理所當然了——她為什麼能那麼輕易地給天曜一個無息香囊，又為什麼會美得這般驚心動魄？

一切都只因她是九尾狐妖啊。

晚宴進行了一半，青丘國國主放下手中玉杯，杯與盞輕輕相觸，發出清脆的「叮咚」之聲。聲音雖小，卻傳遍了整個巨木之內。所有人都停下杯盞，望向他。月亮爬到巨木樹梢之上，恰好照在青丘國主的背後，像是上天給他戴上的王冠，耀眼高貴得讓人無法直視。

「青丘久不開宴，今次卻是在戰亂之際，行此宴會，余心無奈，亦覺慚愧。」

青丘國主自謙的一句話，下方立即便有妖族之人搖頭稱不敢。

青丘國主繼續道：「五十年前妖族與修仙者一戰，致使南北兩分，我族與中原暫守和平。余私以為西南之地雖偏矣，卻可避免戰亂，延續我族血脈，遂認為此處不失為我族休養生息之清修地。然則而今，中原眾仙不願見我族在此西南之隅休養壯大，處處擠壓，殺我族人，手段殘忍，其心惡毒至極。」

青丘國主語氣一直淡漠至極，然而言至此處卻有透骨殺氣直入人心。

雁回想到素影對待那煉製狐媚香的手法，心頭為這殺氣膽寒之際，同時也不由得生了幾分憤慨。

那高高在上的素影仙人二十年前如此對天曜，二十年後也如此對其他妖怪，她只怕從未將妖的命當作一條命來看吧，所以手起刀落，才能殘忍得這麼乾脆。

巨木下方坐著的妖怪們更是早就對中原修道者們憋了一肚子的火，此時拍桌子罵的，氣得砸了杯子的，大有人在。

坐在首位的大皇子應聲站了起來，對青丘國主一鞠躬，隨即一轉身，對下方眾妖道：「我族將士五十年未曾戰過，卻也並非不再能戰。」他話音一頓，語意鏗鏘：「誰家好兒郎願與我踏過三重山，劍指中原？」

下方附和聲登時震耳欲聾。

相比於下方熱血沸騰的妖怪們，最上層的九尾狐一族的掌權者則顯得冷靜許多，天曜也只在角落裡默不作聲地飲著杯中酒。

雁回冷眼看著這一切，心裡算是明白，這個打著迎接郡主回青丘名號的宴會，不過是個妖族的誓師大會罷了。

振奮士氣招攬人心。

妖族對中原的大規模進攻，只怕是近在眼前了。

雁回滿耳聽著妖怪們血氣沖天地喊著「復仇」二字，內心五味雜陳。她修了十年的仙，現在卻被命運推著坐在了妖族的誓師大會現場。

人生遭遇，當真是無法預料。

她一抬眸，望見了遠處一襲紅衣的弦歌。察覺到有人看自己，弦歌的目光便也落在了雁回身上，兩相注視，弦歌對雁回輕淺一笑，搖了搖手中杯子，雁回便也拿起了酒杯，一仰頭，一乾而盡。

酒足飯飽，歌舞停歇，待到青丘國主隱了身形，妖族中人便各自退去。九尾狐的王爺們各自打了招呼，也要離去。

雁回這邊剛站起身來，弦歌便走到了她的身邊：「聊聊？」

雁回瞥了她一眼：「當然。」她轉頭叮囑了天曜一句：「回頭幫我看著幻小煙一點啊，她性子野，別等她喝多了闖了禍事，明天有人找我告狀就麻煩了。」

天曜張了張嘴，那邊弦歌已一把挽了雁回的胳膊，道了句：「走吧。」便在這頂層平臺上消失了蹤影。

天曜伸出的手便只攬了一手清風回來，他握了握拳頭，沒道理地對這初回青丘的弦歌感到幾絲憤怒。
或者說……
嫉妒。
這麼正大光明又輕而易舉地，就把人搶走了……
而這方走遠了的雁回倒是沒有去在意天曜的心情。弦歌帶著雁回落在了粗壯的樹枝之上後，卻笑了出來：「有人可要惱我了。」
雁回轉頭：「誰惱妳？」
弦歌笑而不答，只摸了兩壺酒出來：「坐下聊吧。」
一人一壺酒，坐在樹上，望著月亮，弦歌寬大的紅衣袍垂落下去，隨著夜風衣袂蕩漾，舞得好不勾人心魄。
雁回轉頭，看見弦歌仰頭飲了一口酒，不由得問：「妳以前不是不喝酒只喝茶嗎？怎麼一回青丘就開始喝酒了？」
弦歌轉頭，望著雁回笑：「雁回啊雁回，以前不是不愛喝，而是不能喝呀。」她道：「其實我是嗜酒之人，奈何飲酒過多，怕被識出破綻，這才無可奈何以茶代酒，騙騙嘴罷了。」
雁回便也轉頭飲了口酒：「那鳳千朔呢？以前那麼喜歡，也只是裝裝樣子，回了青丘，就不再喜歡了嗎？」
弦歌脣邊的笑容一僵，漸漸隱了下去：「我乃青丘安插在中原的暗線。」弦歌道：「九尾狐一族血脈淵源極深，除了本族之人，其他妖怪皆無法取得我九尾狐一族最大的信任，所以機密要事，自是由有血緣關係之人來做。我是被投放在中原的棋子，隱入七絕門，探得中原消息，再施以手段，將情報送回青丘。」弦歌說著，嘴角勾勒出了略帶諷刺的一笑。「我在中原數載，植根七絕門，讓多疑如鳳千朔也視我為心腹。可我在中原的一切都是假的。」弦歌道：「身分、來歷，甚至身上的氣息。」弦歌道：「可唯有這顆心，動了情，我想讓它是假的，偏偏只有它成了真。」

雁回一默：「為何現在妳回來了？青丘與中原即將開戰，正是需要情報之際，弦歌妳明明可以以這個名義，多在中原待一段時間的。」

若是那般深愛，即便多留一天，對弦歌來說也像是偷吧。

弦歌搖了搖頭：「妖族前次邁過三重山一路殺向廣寒門，中原仙門未曾得到任何情報。凌霄找來七絕門，斥責鳳千朔辦事不力，我也是那時才知道，鳳千朔的七絕門，竟是一直與凌霄有所接觸。」

雁回聞言，也是一愣。

鳳千朔是凌霄布在中原的棋？

仔細一想，當年鳳千朔的叔父鳳銘在七絕門中大權緊握，卻一直未曾除掉鳳千朔。以前江湖眾人皆認為有七絕門門中長老為鳳千朔保駕護航，再加之鳳千朔聰慧過人，善於韜光養晦這才逃過一劫；而今看來，凌霄也悄悄在背後扶持了他一把嗎？

凌霄插手七絕門的事，是為了獲得七絕門的情報？

雁回在辰星山從未聽人提過此事，凌霄更是對這些事閉口不談，他悄悄行動，到底意欲何為？

雁回是越來越看不懂她以前那個師父了。

「而後凌霄逕直插手七絕門門中之事，我再難將中原情報傳入青丘，父親怕我身分暴露遭中原仙人所害，九封疾書將我召回青丘。我再無理由拒絕……」

雁回聞言默了一瞬：「鳳千朔放妳走了？」

弦歌苦笑：「自是不能放我走的。我知道七絕門太多事，知曉中原太多情報，不管出於哪種考慮，他都是不會輕易放我離開的。」

「那妳……」

「假死。」弦歌仰頭飲了口酒，說到這兩個字，聲色難免多了幾分悵然。「從此以後，在鳳千朔的世界裡，他門裡的弦歌，便成了一個徹徹底底的死人了。」

雁回沉默，這簡簡單單的一句話，聽起來那麼容易又簡單的事情，對於弦歌來說，只怕做得無比困難吧。

要自己把自己在所愛的人心裡殺死，徹底退出他的生命，不能再出現在他的生活裡。

她雖然還活著，但對鳳千朔來說，她已經是一段過去的記憶了。

雁回嘆了一聲，弦歌倒是笑了笑：「不過在我『死去』的時候，看見鳳千朔那張永遠笑著的臉露出了不一樣的神色，我還是滿自豪的。」她道：「知道他對我動過情，這便夠了。他那時在乎的神色，足以讓我用餘生來釀一壺喝不完的酒了。」

雁回沉默了許久，除了一口飲盡壺中的酒，便再也無話可說了。

弦歌轉頭看雁回，盯了她許久：「雁回近來性子卻是沉穩安靜了許多。以前要是聽到我這樣說，非得爹起來不可。必定得推著我，趕著我，讓我不要磨嘰，如果不能在一起，就盡快忘掉他，然後瀟瀟灑灑過自己的生活。」

雁回轉眼瞥了弦歌一眼：「我以前會這樣說？」

弦歌將雁回的手拉到自己肩膀上：「妳還會搭著我的肩，像個小流氓痞子一樣這樣對我說。」

雁回想了想，倒也笑了，手沒從弦歌肩上拿開，就著搭著她肩頭的姿勢，找回了兩分痞氣，感嘆道：「這人世間的事嘛，總是無常。誰沒個被磨掉刺頭的時候？我也是明白了，有些事，咱們是真的無可奈何。就算我再有個性，妳臉長得再漂亮，那些事，在我們現在所處的階段是真的無法逃避也無法解決。就像妳現在忘不了鳳千朔，而我殺不了凌霏一樣。」

弦歌轉頭看雁回，見得雁回勾脣笑了笑：「現在，我們除了做好自己能做好的事，然後好好忍耐，其餘的，別無他法，這或許是一種磨難教會我的小聰明或教訓吧。」

弦歌拍了拍雁回搭在她肩頭上的手：「妳大師兄的事，我隱約瞭解了個大概。江湖上傳言，是妳與天曜在地牢裡聯手殺了子辰。」

雁回嘴邊痞氣的笑散了兩分，眼中滲出了幾許寒光。

「可我知道，妳不會這樣做。」

雁回冷了容顏：「凌霏現在什麼情況，妳可有瞭解過？」

「被凌霄逐出了辰星山，回廣寒門了。」

「好嘛，這姊妹倆湊得好。」雁回一笑。「找人算帳不用跑兩個地方了。」

弦歌聞言默了一瞬：「不過我想，凌霄約莫是有別的想法的。」她頓了頓道：「當初凌霄來七絕門斥責鳳千朔，言辭之間聽得出，幾個月前妳被趕出辰星山時，他一直派人看著妳。妳在永州城之時他特地囑咐了鳳千朔看緊妳，想來對妳並非不管不顧的……」

「那又如何？」沒等弦歌將話說完，雁回便已打斷了她，她盯著遠方，聲音難得地毫無情緒。「大師兄都已經死了。」

這夜告別了弦歌，雁回獨自去了冷泉。

昨夜化為龍身的天曜在此處鬧騰得太厲害，樹木摧折，泥土翻飛，今日周邊環境依舊是一片狼藉，然而冷泉當中泉水已經變得清澈透明，與往日沒什麼兩樣。

雁回蹲在泉水旁邊，看著水中自己的倒影，腦海中反反覆覆盡是弦歌方才告訴她的那些話。話音擾得她心亂，她一隻手劃破水中自己的倒影，連外衣也未脫，一頭扎進了冷泉之中。

她憋著一口氣拚命地游著，腦海當中寸寸皆是凌霄當初在辰星山教她仙術道法時的影子。十年來的每一個寒暑秋冬，皆有凌霄的陪伴，雁回不停地在水裡游著，像是要耗光自己所有的體力一樣。

十載以來的林林總總走馬燈一樣在她腦海中來去，她緊緊地閉上眼睛，讓自己沉在冷泉水底，直到窒息讓她感覺到了胸腔刺痛，才一下竄出水面，猛地大口呼氣。

突如其來的新鮮空氣讓她眼前有一瞬發黑。

她腦袋浮在水面上，然後放鬆身體，整個人便如一片枯葉一樣漂在水面。漫天繁星耀眼奪目，雁回閉上了眼睛，努力放空自己。也許是太累，沒多久，她的世界便當真如此沉靜下來，很快陷入一片黑暗之中。沒一會兒，她便在黑暗中看見一縷黑影在她眼前靜靜佇立。

這次她看清了那人影之後，卻並沒有追趕，她只遙遙地站在這方，與他相望：「大師兄。」她說著，聲色極靜：「你這筆仇，我遲早會給你報。」

她說完這話，那方靜靜佇立的人卻好似皺了眉頭，滿臉擔憂。

她不明白他在憂心什麼，直到她感覺自己身體猛地一晃，倏地驚醒。

她睜開眼睛，見自己已經陷在了一個溫暖的懷抱裡。

天曜眉頭皺得死緊，他抿著唇未說話，倒弄得雁回有幾分緊張：「怎麼了？」

「我以為……」幾乎是脫口而出，天曜才察覺到自己語氣有點急了，他猛地收住口，轉過了頭，將雁回放開，自己站起身，拍了拍衣裳，緩了語氣道：「沒事。」

雁回看看冷泉，又轉頭看了看天曜一臉彆扭的樣子，猜測道：「你以為我自尋短見了？」

天曜轉頭離開：「無大礙便好。」

「我不會做那種事的。」雁回並不在乎天曜此刻背對著自己，她望著夜空道：「被你從辰星山救回來的那天我沒有這樣做，之後就都不會這樣做。我留著這條命，還有更重要的事情要做。」

天曜腳步一頓，微微回頭瞥了眼雁回。

卻見雁回笑了笑，她走上前來，望著天曜，語氣輕鬆了些許：「倒是天曜，你是一直跟著我的嗎？」

天曜輕咳一聲：「妳繼續沐浴吧，盡早將筋骨接好……」他說著便邁腿要躲，衣袖卻被雁回輕輕拽住。天曜微微一怔，轉頭看雁回。

「雖然你和我說過不用言謝。」她說這話的時候，一雙眼眸盯著他，清澈得宛如能裝進繁星千萬。「不過我還是不得不說，多感謝這樣的時候，能有你在。」

天曜眼眸裡似也被她這句話點了星。

雁回鬆開手，瀟灑地擺了擺：「你回吧，我接著泡。」

看著雁回入了冷泉，天曜這才回神，默不作聲地轉身離開，走入漆黑的森林，沐浴星光，天曜手指緊握——

其實，那明明應該是他說的話啊。

多感謝，能遇見一個名叫「雁回」的人。多幸運，能遇見這樣一個人……

弦歌回了青丘，每日並無什麼事可做。雁回晚間在冷泉沐浴，早上與天曜一同研究《妖賦》心法，每日到了下午臨近傍晚之時才有空與弦歌吃頓飯，閒聊幾句。

這日兩人正吃著晚餐，幻小煙又從窗戶跳了進來，一進屋，看見一大桌子菜，眼睛都亮了：「我也要吃！我今天都餓了一天了！」她伸手就往菜碗裡抓。

雁回眉梢一挑，「啪」地一筷子打在她手上。

雁回斜眼看著被打疼了、一臉要哭不哭的幻小煙並無半分憐憫：「我盼了一整天等來的飯，妳要敢給我抓了，我就褪下妳的戒指。」

幻小煙咬牙，委屈道：「我也餓一天沒吃飯了呀，這不是有點暈了嗎？」

兩人說話之際，弦歌已在一旁讓人另外拿了一副碗筷過來，笑道：「妳養的這小幻妖倒是真性情，我看著喜歡。想來今天是真餓極了，妳便別為難她了，讓她一同吃吧。」

雁回哼了一聲：「我一天沒吃是練功去了，這傢伙一天不吃，難道是誰將她嘴縫上了不成？定是玩得沒有邊了……」

「才沒有玩呢！」幻小煙已經包了一嘴飯，一邊嚼一邊道：「我聽人講故事去了。」

弦歌笑道：「什麼故事聽人講了一天？」

幻小煙火速扒完了一碗飯，然後睜著大眼睛望著弦歌：「郡主大人，聽說中原有個男子被妳迷得神魂顛倒了，現在妳回了青丘，他以為妳死了，每天過得渾渾噩噩的，什麼體面都沒了。」

弦歌聞言，神色登時僵住。

雁回「啪」地放了碗，斥道：「皮癢了！吃飯的時候妳胡說八道什麼呢！」

「我沒胡說八道！他們都傳開了！」

「誰傳開了？」

弦歌搖頭，止住雁回：「讓她說，他們還說什麼了？」

幻小煙摸了摸鼻子：「他們今天聊了好久呢，從郡主大人去中原後，好長一串故事，然後說到郡主大人妳這回青丘了，那個男子抱著妳的『屍體』已經幾天幾夜了，愣是沒讓人碰，不讓人把妳那身軀下葬，也不讓人靠近他，說他要護著妳。妳那身軀都腐臭了，他也沒讓人安葬，誰勸都不聽，瘋瘋癲癲的，好似痴狂了。」幻小煙道：「聽說那人還有百來房的小妾呢，全部都不理會了。」

雁回聞言，轉頭看弦歌。只見素來笑容惑人的弦歌卻也像痴了一般，雙目愣怔，失神地望著遠方，脣角抿緊，沒有一絲弧度。

這頓晚餐到底只有幻小煙一個人吃了個大飽。

待得侍從們收拾完桌子離開之後，雁回才問：「聽聞鳳千朔這樣做，弦歌心裡可有觸動？」

弦歌像是被雁回這句話喚醒了似的，她笑了笑，笑容難免諷刺又蒼涼：「觸動，說沒有自是假的。可有觸動又有何用？」她垂了眼眸。「七絕門乃情報組織，也通暗殺生意，做這樣的事，鳳千朔最恨的一是背叛，二是欺騙。而我恰恰做了他最恨的兩件事。如此……還不如讓他真當我死了好呢。這樣，我還是用最好的模樣留在他心中的。至少日後，他想起我來，不會覺得我是那般的……面目可憎。」

雁回默了一瞬，隨即一笑，拍了拍弦歌的肩：「弦歌不痛不痛，妳還有我呢。」

弦歌聞言一笑，聲色卻難免有幾分苦澀：「我不痛。我怕他痛。」

雁回的手放在弦歌肩上，輕輕又拍了兩下，良久才道：「總會好的。」

不管是身體上的傷，還是心裡的傷，只要不死，時間總能使它癒合。

青丘妖族之中氣氛已經越來越緊張了，所有人都知道大戰在即，各自都打著自己的算盤。雁回不管他人如何想，每天閉關專心修煉。

天曜不失為一個出色的指導者，在他的教導下，雁回的修為進步可謂突飛猛進。

再次馭上劍，雁回以妖族心法催動長劍，一飛沖天，在高空之中遨遊了好一會兒，才落了地。穩妥地落在天曜面前，她臉上帶著健康的紅暈，目光閃亮，盯著天曜：「我又能飛了！」

見她那麼高興，天曜便也不由自主地彎了唇角：「以前妳會的，以後都能會。」

雁回知道。但現在到底是時間太短，她現在的修為還遠遠比不上之前，但這般修煉下去，或許不過一年，超過過去十年的修行也說不定。

晚間用膳，弦歌看了雁回一眼，淡淡提了一句：「妳容貌好似豔麗了許多。」

雁回一怔，待得晚上在冷泉邊上一照，她這才發現，自己的眉眼在修煉妖術的這十幾天裡，有了些許細微的變化，確實好似……

妖豔了些許。

她這個身體……好似的確更適合修煉妖法啊。

雁回潛心修煉，天曜也沒閒著，每日雁回打坐之時，他便也調內息。沒有龍心，他的法術發揮極不穩定；既然如今龍心在廣寒門，那他便要做好在這種情況下與素影直接衝突的準備。

天曜心裡的憂慮其實藏得極深，他比誰都清楚，以他如今之力，若無他人相幫，要與素影相抗，怕是……極難。

而便在此時，三重山邊界傳來一則消息，砸得整個青丘措手不及。

廣寒門的素影竟親率數百名仙人，踏過三重山，殺入青丘境地，在三重山西南方向，與妖族守軍開戰。妖族守軍被打了個猝不及防，連連敗退。

更令人驚駭的是，只要是素影抓住的妖族敗兵，盡數剖取內丹，棄屍荒野。

九尾狐一族震怒非常，立即派了兩位王爺入前線督軍，青丘缺人手，自打回青丘便一直空閒的弦歌此時也領到了任務，要與兩個皇叔一同上前線，抵擋廣寒門突襲。

雁回從燭離嘴裡聽到這消息的時候，正擔憂弦歌的安全，旁邊的天曜一叩桌子：「確定前線是素影親自率仙人前來？」

燭離一蹙眉，有幾分惱了：「真當我青丘如此無用不成？若不是素影在，我族將士何至於節節敗退，還被其取了內丹！」他說著，憤怒地拍了桌子。「那廣寒門素影著實惡毒至極！若叫她落入我手中——」

沒等燭離將狠話說完，天曜便逕直打斷了他：「青丘可還能遣出人手？」

燭離一愣：「你要幹麼？」

天曜眸中寒光閃爍：「入廣寒門，取龍心。」

天曜此言一出，雁回與燭離皆是一愣。天曜眸色微涼，語氣卻極為堅定：「素影若當真前來青丘進攻，還率了數百名仙人，中原修仙者雖多，精於仙術的人卻不一定多。素影此次前來必定領的皆是好手，否則闖入妖族本營，饒是她能力再強，也擋不住己方損失慘重。而素影在前突襲，三重山邊界為防妖界報復，必定也會派不少人馬看守，以此推算三重山至中原一帶則內裡空虛。其他仙門不會不派人守著自家山門，而廣寒門二十年前起便有護山結界籠罩，看守門人想必也不會太過重視。」天曜道：「此時約莫是奪回龍心的最好時機。」

燭離聽得一愣一愣的，好似還沒完全理解天曜的話。

而雁回對天曜卻是極瞭解，他話還沒說完，雁回便在心裡領悟過來，隨即她眉頭一皺，顧慮道：「會不會是素影有什麼陰謀？」她斟酌道：「廣寒門算是三大仙門當中離三重山最近的一個，素影身分如此高，她不好好坐守山門，指點江山，此刻卻領了人來青丘突襲，怎麼想都有些不合理。」

天曜便望著燭離：「這便要看他們的消息到底是不是千真萬確的了。」

這話燭離倒是聽懂了，他立馬跳了起來往外面跑：「我這便去再核實核實消息！」他跑到門口想了一下。「若此事當真，而今青丘抽不出人手，我便同你們一起去廣寒門，幫你們的忙。」

看燭離跑了出去，雁回轉頭看天曜：「若真是素影來了青丘，我們便當真要帶燭離一起去廣寒門？」

天曜搖頭：「他修為不夠，帶著礙事，如今廣寒門雖無素影在，可以我現在之力，護妳一人差不多矣，再多一人，就是負擔。」

雁回一愣：「那怎麼甩掉他？」

天曜看了雁回一眼：「他追不上我們。」

雁回一默，不過片刻燭離又急慌慌地跑了回來，走到門口就開始說：「消息確實為真，此次素影著實來得蹊蹺，他們此次突襲不像是要進攻我妖族，卻好似更在乎搶我妖族人內丹……」

話未說完，天曜將雁回腰一攬，燭離只見面前白光一閃，聽得風聲呼嘯，轉眼之間剛還站在面前的兩人便沒了蹤影。

燭離神情一愣，呆呆地立了片刻，終是回過神來，兩步追到屋外，只看見天上白光飛過的尾巴。

燭離氣得跺腳：「混帳！本王好心幫你們忙！竟敢甩了本王！」

飛遠的天曜與雁回自是聽不到他的罵聲，他倆甚至都沒有心思去管被拋下的燭離是怎樣的心情，雁回只沉思道：「素影為妖族人內丹而來……」她眉頭緊蹙。「天曜，你可還記得之前在天香坊，那些妖怪也是盡數被剖了內丹的？」

天曜應了一聲。

「將狐妖們交給凡人看管，從他們的角度來看，為防止妖怪作亂，剖了內丹著實是合情合理的做法。但當時可疑的便是那些妖怪的內丹，最後都不知所終了。」

狐妖們是說妖怪內丹都被運送去了辰星山，捕捉狐妖早在雁回未被逐出山門之前便開始了，可雁回在辰星山的時候卻從未見過那些內丹的蹤跡。

「素影這次又來青丘剖取妖怪內丹，他們要那麼多內丹……」雁回咬牙。「難不成想拿回去修成邪修嗎？」

「素影既然在此時來做此事，那便有必行此事的理由。」天曜道：「現在雖不知他們意欲何為，但總有暴露的一天。而我所能做的，便是在那之前，做好應對一切的準備。」

攬住雁回腰間的手臂沉穩有力，即便在萬丈高空之中，也沒有絲毫顫抖，沉著得讓人心安。

時至此刻，雁回突然想到之前天曜對她說過的一句話，如果二十年前，他遇到的是她，會怎樣。

她此前從未對這個「如果」有任何猜測，但現在她卻想到，如果二十年前，天曜能遇見她，如果天曜遇見的是她……

那她必定不會辜負那樣溫柔的天曜。

這些話雁回自是不會說出口的，她只問天曜：「封印龍心的結界還是如之前幾個結界一般，以我血破開便可嗎？」要把天曜的心變成以前的樣子，估計是再也不能了，那她現在唯一能做的，便是幫天曜的身體變成以前的樣子。

上天入地，無所不能。

「先得破開廣寒門護山結界，妳我才可入山。彼時結界若破，廣寒門中留守仙人必定傾巢而出。我們如今既無助力，妳而今修為也弱，到了廣寒門，妳且記得寸步不離地跟著我，我們盡快找到龍心，速戰速決。」

「好。」

雁回一聲應下，天曜周身風動，行得更快，不過眨眼之間便過了三重山。沒有片刻，雁回便遙遙能看見山頭常年覆蓋著白雪的廣寒山了。

廣寒山前一層金光結界自山腳而起，籠罩著整座山峰，山峰巍峨，結界光華輝煌，令人望而生畏。

天曜眸光一凝，於廣寒山前驀地俯身而下，猛地落於山腳。落地的力道致使塵埃翻騰，大地好似一抖。

他鬆了手，雁回自覺地退到了他身後。

金光結界之前，天曜隻手覆蓋其上，妖氣立即與結界產生了摩擦，氣流漸漸變大，令天曜與雁回的衣袍頭髮凌亂翻飛，天曜眸中光華一盛，周身氣息更是暴長。

他周身氣流好似化為一柄利劍，直直地刺向結界，一點一點切入金光之中。

結界發出刺耳的撕裂聲，廣寒門中人似發現了異樣，有零星兩個小仙在結界之中馭劍探看。見此情景，登時慌亂地往山中跑去報信。

天曜眼睛也沒斜一下，只大器一拂衣袖，妖氣凝為的長劍霎時刺穿結界，被撕了一個口的金光結界在幾聲脆響之後，瞬間崩塌。

雁回仰頭，望見金光結界破碎之後落了漫天的金色碎片，便像是一場鋪天蓋地的金色大雪。

天曜便在這金光飛舞當中回頭看雁回，他身後是越來越多聚集起來的廣寒門仙人。

廣寒門身為三大仙門之一，修仙者眾多，不過片刻便黑壓壓地在空中排了一片，好似說書人口中的那十萬天兵天將，祭著法器，前來收服他們這兩個妖魔鬼怪。

敵眾我寡之下，他們兩人形單影隻，好似與整個世界對立的異者。

「怕嗎？」感受著身後重重壓力與殺氣，天曜難得地詢問她的感受。

雁回脣角一斜，久違地露出了帶著小虎牙的笑容。她眸中有光，語帶三分天生便有的輕狂：「『怕』字怎麼寫？」

見雁回如此，天曜便也彎了嘴角：「我也不知道。」

他一把抓了雁回的手，將她護在自己身後，迎著無數雙修仙人敵視的目光，邁步向廣寒山中而去。

天曜已不再需要特別去探查自己龍心的氣息了，只呼吸之間他便能感覺到，龍心的氣息一直從山腳的某處溢出來，像是一條無形的線，引著他往那方而去。

空蕩了二十年的胸腔在此刻似乎又開始滾燙起來，他越往前走，腳步便越發快了起來。

天上的廣寒門仙人中終於站出了一位目前廣寒門的最高領導者：「何方妖孽，竟敢私闖我廣寒門！」

雁回聞言，抬頭一望。廣寒門她不熟，但這常跟隨在素影身邊的夢雲仙姑她卻是認識的，在修道者當中，她也算是極有輩分的人了。

天曜根本不理會她的質問。

夢雲仙姑見狀，拂塵出袖，一聲大喝：「列陣！」她話音一落，廣寒門眾仙人立即列出了巨大的陣法，圍繞在天曜的上空。

陣法列好，殺氣便籠罩在天曜與雁回的頭頂，雁回眉頭一蹙：「殺陣。」

天曜頗為不屑地哼了一聲：「雕蟲小技。」他話音一落，五指張開，衣袖一拂，澎湃妖氣洶湧而出。他頭也沒抬的這一擊卻並非亂打，而是逕直向著空中那陣法正中而去。

夢雲仙姑雙目一睜，飛身撲去欲攔下天曜這一擊，卻未承想逕直被天曜這一擊生生撞飛。她身體隨著這力道一起擊打在陣眼中心的那人身上，那人自空中摔落而下，百人殺陣應聲而破。

在修道這條路上便是如此，力量懸殊，則毫無對抗的可能性。上一層次的人對付下一個層次的人便如同捏死一隻螞蟻一樣簡單，一百個人，也不過是一百隻螞蟻罷了，花點時間，卻並不費力。
天曜本是站在這世界頂端的人，先前落魄，而今再也不是之前那樣了。
只待取回龍心……
天曜腳步停在山腳一座祠堂之前。
他眯眼看著守在祠堂門前的人，眸色寒涼。雁回被他的背脊擋住了目光，待得她探出頭往前一看，看見那人，霎時渾身一僵，隨即目光幾乎立即溢出了殺氣。
「凌霏。」她喊這兩個字，好似咬牙切齒。
那人依舊戴著幕離，身上穿的也依舊是辰星山的那身衣裳，好似並不認為凌霄會那般將她驅逐，很自信自己還有回辰星山做那心宿峰峰主的一天。
她不過是在等凌霄消了氣，不過是在廣寒門避一避風頭罷了！
她依舊活得這麼好，沒受到半點處罰。於是當風吹起她的幕離，凌霏看著雁回的那雙眼睛裡面，依舊沒有半分愧疚或者閃避，她甚至帶著厭惡，帶著恨意。
在害死子辰之後，凌霏還是活得這麼……
理直氣壯。
雁回冷笑：「急著來，倒是忘了弦歌與我說過她也是在這裡的。」語至末尾，已經沒了溫度。
雁回心裡清楚，她現在雖然在修妖的道路上走得飛快，但相比凌霏，依舊差得很遠……

「雁回？」凌霏亦是冷笑，仇人見面，總是少不了咬牙切齒。「投靠妖族苟且偷生，行此低賤之事，而今卻是和這妖龍想要亂我廣寒山嗎？」她祭出拂塵。「不自量力。」

聽著她的聲音，子辰那晚在自己懷裡停止呼吸的畫面，一點一點地在雁回腦海裡浮現。

她赤紅著雙目盯著凌霏，握著天曜的手用力得讓天曜感覺到疼痛。

天曜轉頭看了雁回一眼：「雁回。」

雁回沒有挪開眼睛，她死死地盯著凌霏，似乎恨不能撲上去將她撕碎。

「妳先前沒做到的，今天，我幫妳一併討回來。」

雁回眸光微顫，那方凌霏一聲冷哼：「狂妄，妳道我如之前那般半分未變，會做妳手下敗將嗎？」

她拂塵一揮，身後的祠堂立即又出現了一個結界，結界遮住祠堂，她對空一喝：「助我廣寒誅妖陣！」

天空之中的廣寒門仙人身法立即變換，擺出了與方才完全不同的陣法。陣法在天空之中畫出了六瓣雪花的模樣，霎時之間，陣法之中，漫天大雪紛飛。

天曜看著這陣法的形狀，眸色更涼了三分。

他一勾唇，冷笑：「二十年，終是再見此陣法。」

雁回聞言，不得不回神。

二十年？

二十年前清廣真人助素影壓制天曜，用的便是……這個陣法？

清廣真人，將這陣法，交給了廣寒門的人？

第十七章　龍心復位

不過片刻，天上廣寒門眾仙結出的陣法裡傳來了陣陣殺氣，伴隨著越發凜冽的寒風，吹得雁回皮肉生疼。

天曜望著陣法片刻，眸光微垂：「雁回。」他輕聲一喚，雁回立時轉頭看他，卻見天曜臉色有幾分不對勁，他道：「此陣於我而言有壓制之效果。」

雁回聞言，眉頭一蹙。

天曜瞥了她一眼：「我龍心在那方祠堂之中，我會撕開祠堂結界，擋住外間仙人，妳趁機進入祠堂，取出龍心。」他道：「而今妳既然修的妖道，即便龍心上再有封印，以妳之力，也理當能破開。」

這話……什麼意思？

雁回還沒來得及細想，天曜便低聲道：「準備好。」

此情此景哪容得雁回再去詢問其他，她連忙將心頭問題全都壓下，凝神屏氣，戒備地盯著那方也是蓄勢待發的凌霏。待天曜一聲「走」字一出口，雁回立即如箭一般直衝凌霏而去。

天曜緊隨其後，他倆之間早有默契。在只有這幾句溝通的情況下，雁回與天曜想也沒想便做了對方想讓自己做的事。

雁回佯攻凌霏，凌霏與雁回本就有仇，見她攻來，登時赤紅了眼與她爭鬥了幾招。天曜趁此機會行至祠堂結界旁邊，天上廣寒門眾仙施陣的人無法脫身，沒有參與施加陣法的人多半是修為不夠的仙者，待得他們反應過來俯身下來要攔天曜之時，天曜已經將祠堂結界撕了個洞。結界破開的一瞬間，雁回毫不戀戰。二話沒說，一招閃過凌霏的攻擊，身形一側便閃進了結界之中。

天曜緊接著頂上了雁回方才所在的位置，攔住了要去追雁回的凌霏。

他廣袖一拂，凌霏只覺一股熱浪撲面而來。她本是修的水系法術，五行當中，本就與火相剋，面對滿面殺氣一身烈焰的天曜，凌霏覺得棘手至極。

天曜周身烈焰在手中慢慢凝聚，直至凝成了一把宛如比太陽更炙熱的長劍。他持長劍攔於祠堂結界之前，不擲一言，可休想邁過他靠近祠堂一步的信號，卻是那麼清晰地傳遞到了每個人的心中。

凌霏方才與雁回交手便知道——這個丫頭，修了妖法，進展驚人，但到底是時間太短，比起她先前修仙之時，現在的修為差得遠了。先前雁回修仙的時候堪堪能與她鬥個平手，現在更不是她的對手。方才不過是憑著突襲再加之三分小聰明與她打了個平手，時間若再久一點，她定能將雁回撕得連渣也不剩！

而且照雁回這修妖的進度來看，最好是能趁現在斬草除根，省得他日禍害無窮……

凌霏陰沉了目光，她盯著天曜，手中拂塵法器慢慢聚力。

她姊姊素影從小便疼她，知道廣寒門心法修煉辛苦，便極少教她。只有這廣寒誅妖陣，是素影千叮萬囑要凌霏好好學的。

自打二十年前廣寒門有了護山結界之後，所有入門弟子必學的便是這廣寒誅妖陣。此陣之大，殺氣濃郁，修為稍有跟不上的弟子便無法擺此陣法。

而學成之後，在這陣法當中，凌霏水系的法術便可發揮到極致。

凌霏拂塵一掃，漫天飄飄灑灑的雪花登時化為鋒利短箭，箭尖鋒利，反射出的光芒幾乎耀眼，成千上萬支冰箭在此時都逕直對準了天曜。

天曜見狀，卻並無異色，連眉梢也未挑一下，只勾了勾脣：「第一重。卻是半分未變。」

凌霏聞言，心下雖有驚異，面上卻沒表現出來，她拂塵一動，漫天冰箭登時向著天曜簌簌而去。天曜周身氣息一動，烈焰燒成火龍，在他周身一舞，將天上冰箭盡數融化為水，滴滴答答落在地上，好似下了一場傾盆大雨。

凌霏眉頭緊皺，術法再動，她身後剛才積累起來的皚皚白雪化作雪龍，與天曜周身的火焰戰成一團。

爭鬥撞擊，巨響不絕於耳，而天曜卻立在那爭鬥中間，身形半分未動。

凌霏急了，拂塵就地一掃，地上白雪被掃出了冰劍的形狀，它們自行飛了起來加入前方戰場，每柄劍都將天曜當作目標，逼得他不得不出劍抵擋。

其實天曜對這樣的一幕依舊覺得很熟悉，因為在二十年前，他便是在這樣的爭鬥當中，為了救落入「險境」的素影，撲上前去抱住了她，然後被她用劍刺穿了腹部。

那是他渾身最柔軟的地方，是只放心讓所愛之人靠近的地方。素影刺穿了他。

可現在沒什麼可以刺穿天曜的了，因為他並沒有任何想保護的東西了。

他打碎冰劍，周身氣息暴長，清掃周邊所有冰雪，驅逐包裹著他的寒冷，他看向凌霏，然而卻是一驚。凌霏竟在方才他不過挪開眼的那一瞬間，在原地消失了蹤影。

心頭陡然升起一股不祥的預感，他胸腔好似被什麼抓緊了一樣。轉頭一看，在他身後，凌霏解開祠堂結界，已經踏了進去……

雁回在裡面……

如今的她在凌霏面前沒能力自保！

意識到這一點，天曜五臟六腑便像是被狠狠捅了一劍似的，他眸中殺氣暴長，手中長劍在一聲低喝當中逕直向凌霏刺去，挾帶著熊熊烈焰與刺人的殺氣。

劍直中凌霏肩頭，凌霏一聲悶哼，被天曜刺來的劍打在地上。

但見天曜宛如地獄修羅一般向她踏來，凌霏駭得肝膽俱裂，手慌張地在旁邊一拍，結界再次合上。

天曜被攔在結界之外。

透著結界，被打翻在地的凌霏看見了外面天曜好似能將她撕碎的眼神，不由得膽寒。

天曜將手放在結界之上，似乎意圖再次撕開祠堂結界。

而此時空中夢雲仙姑領著就近的其他門派搬來的救兵急急趕來，在空中對天曜施以干涉，擾亂了天曜撕裂祠堂結界的動作。

天曜怒極，一雙黑瞳之中隱隱有赤紅烈焰在眼底燃燒。

凌霏趁此爬起身來，她捂住流血的肩頭，掙扎著往祠堂深處走去。她知道，現在她即便有一隻手不能用，也能捏死雁回，並且不用花費太多力氣。

她一定要在此處，將雁回……毒殺！不讓雁回有將那夜子辰之死的真相說出去的機會。只要雁回死了，就算外面那妖龍知道真相，也沒關係了。

因為妖怪的話，誰都不會信。

雁回此時已經行至祠堂深處。她而今修為不夠，自是不知道外面到底發生了何事，只覺這結界之中氣息變動了一瞬，想來約莫是結界又開了一次，但卻不知曉是誰破了結界，更不知道有無人進來，到底是誰進來。

若是天曜倒還好，若是別的什麼仙人……

雁回加快了往祠堂深處前行的步伐。

這間祠堂從外面看是建在地面之上的，然而越往裡走光線越暗，有階梯帶著雁回不停地往下，此處好似挖在了地底。

祠堂之中不是沒有岔路，但雁回心頭若有似無的直覺帶著她向左向右走，行到如今這地界，連雁回也能感覺到龍心氣息的存在了。
許是天曜來了讓這龍心也有異動吧。雁回順著氣息而去，最終抵達一處石室，室內正中以一石柱托著一物。
與雁回先前想了無數遍的龍心不同，那物體在一片紅色的烈焰當中燃燒旋轉著，讓人看不清它真正的形狀。
這便是……
天曜的心。
遺失了二十年的心。
雁回上前，手在觸碰到龍心之前，便被一道力量擋住，這龍心之上果然還有封印。
想起天曜先前與她說的那句話。她現在修的妖道，所以，即便龍心上有封印她也能解開，那意思就是，之前天曜每個身體的封印，其實雁回也是能解開的，只是她先前修仙，所以不行。
雁回掏出小刀，打算先拋開這些問題，取了心頭血，破了封印，拿了龍心再說。
哪想刀刃剛刺痛她的胸膛，血尚未淌出來一滴，身後倏地傳來一股殺氣。
雁回瞳孔一縮，即便現在修為不夠，但多年來與人對戰的經驗卻還是有的。她連忙側身一躲，就地一滾，將本來打算用來取血的小刀收進了袖籠之中，她戒備地匍匐於地，目光灼灼地盯著來人，隨時準備迎接來人的攻勢。

凌霏頭上的幕離早就掉了，一臉難看的傷痕爬了滿臉，讓她面容顯得猙獰。她肩頭已流了許多血，讓她臉色白成一片，但她看見雁回還是冷冷地笑了出來，形容可怖：「雁回……」她喚著：「這次妳休想再有人來救妳。」

從凌霏嘴裡提及「救」這個字，便好似那辰星山上的噬魂鞭抽在了雁回心尖上一樣，讓她疼得心臟都是一緊。

雁回咬牙：「凌霏，妳到底是多沒良心，今日還能將這話說得如此輕鬆。」

凌霏一笑：「自然輕鬆。」她手中拂塵一掃。「殺了妳，我便沒什麼可畏懼的了。」

寒冷的仙氣直衝雁回面門而來，雁回狼狽躲開，閃身至那供著龍心的石柱之後。

臺上龍心必須取！雁回知道，時間拖得越久，對她和天曜越是不利，而此時她以未受傷的身體對付凌霏已是吃力至極，若再放了心頭血，只怕最後龍心是從封印當中取了出來，但恐怕沒有將龍心交給天曜的機會了。

雁回一邊躲避著凌霏，一邊仔細想著對策。

忽然之間，當凌霏一記仙力猛地擊打在龍心之上，龍心封印一顫，立時將凌霏的仙力如數反彈。凌霏一怔，躲避不及，竟是被自己的仙力猛地擊打在身後石壁之上。

雁回見狀，眸光一亮，她心底沉下計謀，隨即輕蔑諷刺地嗤笑一聲：「凌霏，在辰星山修道多少年，裝得再是清高，端了再高的架子，也依舊遮掩不了妳的愚鈍資質呀。」

凌霏聽聞這聲嗤笑，雙目一紅，惡狠狠地盯著雁回。

凌霏相比她姊姊素影，簡直遜色了十萬八千里不止，她存在於這世間的標籤是素影的妹妹、廣寒門與辰星山交好的標誌，而從來不是辰星山心宿峰峰主凌霏。她自我的存在價值那麼微弱，相比素影這輪當空皓月，她只不過是陪襯的一顆小星。

這是她的隱痛，辰星山的人都知道，只是無人敢說。

「妳愛慕凌霄那麼多年，可妳有什麼資格讓凌霄喜歡呢？」雁回斜著嘴笑著，露出小虎牙，顯得那麼邪惡。「妳如今這麼想殺我，不過是因為凌霄本來就不喜歡妳，若是從我口中知道妳害死大師兄的所有真相，只怕不提喜歡，他會恨妳也說不定吧？而妳在這修道界那僅有的一點名聲，只怕也是毀了。」

「閉嘴！」

凌霏一聲喝斥，猛地又是一記打向雁回，雁回連忙往旁邊一躲，仙力與她擦肩而過，打在雁回身後的牆上。雁回審視了這一番仙力的力道，她這次更靠近龍心站了站，對凌霏道：「就算沒人指責妳，但大家也不過是看在素影的面子上罷了。妳有那樣一個姊姊，所以即便妳做了個廢物，也依舊有人願意把妳往天上捧著。」雁回瞇著眼睛，輕蔑地看她。「而妳，到底算個什麼？」

「閉嘴！」凌霏怒極攻心，一記仙力猛地向雁回打來。雁回往龍心處又躲了躲，然而這次凌霏已經氣瘋了，仙力一記接一記地往雁回身上砸，根本連周遭看也不看一下。

雁回趁機往龍心背後一躲，凌霏三記法力幾乎是看也未看一眼打在了龍心之上，隨即仙力盡數反彈了回去。

凌霏憤怒之中錯愕不及，來不及躲，生生中了自己三記寒涼法力。她倒在地上，喉頭一口血悶出。

雁回見狀，立即從龍心背後站了出來，她手中妖力凝聚，此時一掌劈下，或可了結凌霏性命，然而此刻，雁回看見凌霏那一身破敗不堪的辰星山道袍卻是手下一頓。

雁回會殺了凌霏，她那麼清楚自己的心思，她一定要殺了凌霏。不是為自己，也要為大師兄殺了這懦弱又歹毒之人。

她這一頓，過去十年在辰星山的光景在她腦海中走馬燈一般跑過。她現在殺了凌霏，那一切，便真的再也回不去了——她是個貨真價實的入了妖道、殺了同門、欺師滅祖、大逆罔上之人。

她就親手把過去那十年的自己，徹底……殺死了。

她不會後悔，卻覺得可惜。

便是在雁回這愣神的一個瞬間，地上一身是血、滿身狼狽的凌霏倏地一撲而起。她死死抓住雁回的肩，將她推到托起龍心的石柱之上，雁回的後背狠狠地撞在柱上。

凌霏聲色尖厲：「妳以為我會這樣成為妳手下敗將嗎？妳以為我會這樣死在妳手下嗎？」她神色癲狂，好似瘋了一般。「妳作夢！」

她喊著，隻手抽了她腰間的軟劍。

雁回眸光一縮。她周身聚力要掙脫凌霏，然而此時凌霏確實拚盡了所有修為將雁回制住，根本沒有給雁回掙扎的機會，一劍刺穿了雁回的胸膛。

雁回只覺心口一涼，疼痛尚未傳入大腦，而身後的石柱和她站立的大地卻開始猛地顫抖。

凌霏好似連這些顫抖也沒有感受到一樣，她睜著眼睛盯著雁回：「妳死了。」她說：「妳死了，誰都不知道是我害死子辰了。我依舊還能回辰星山，依舊是心宿峰的峰主！」

雁回的身體無力地滑落到地上。

她看著幾近癲狂的凌霏，想到對天曜做出那樣事情的素影。她想，在這對姊妹的身體裡面，或許都有一種近乎病態的執念吧。

害人……害己。

軟劍自胸膛之中拔出，雁回只覺心口一涼，身體之中血氣翻飛，令她難受至極。

雁回抬起手，凌霏見狀，以為她意圖凝聚法力捂住傷口用以止血。凌霏目光一狠，哪肯給雁回恢復的機會，她再次一劍刺下，雁回避無可避，眼看著劍尖要再次沒入她胸膛之中，身後一股巨大的力量傳來，抵擋住凌霏的劍尖，將她的動作凝固在空中。凌霏的劍尖再無法前進一分。

她不甘地嘶喊著，想要將劍再次送入雁回心臟之中，她滿是傷疤的臉上表情猙獰。

然而不管她如何拚盡自己周身法力，那劍卻依舊不能前進分毫。

凌霏隨即大怒：「何人阻我？」她一抬頭，卻見得那石柱之上的龍心烈焰大熾，一層一層，燒得整個石室一片火紅。

大地搖晃，地裡有沉悶的轟隆之聲傳來，天頂開始裂出裂痕，碎石掉落。凌霏不知發生了何事，被大地搖晃的力量推得往後退了一步。

雁回坐臥於地，四肢皆無力，唯覺那被凌霏刺穿的心依舊灼熱跳動。她見凌霏退後，眸光一凝，趁此機會一抹心頭的血，拚著最後的力氣，手掌帶著血跡「啪」地一巴掌拍在赤焰灼燒的龍心之上。

心頭血沒入龍心金光之中，龍心霎時震顫，「轟隆」之聲自地底傳來。雁回只覺心頭有一股詭異的力量在湧動，好似在衝撞她的四肢百骸。

而那方的凌霏並未管身邊這些異樣，她知道絕對不能讓雁回活著從這裡走出去，見雁回站起身來，凌霏不管不顧再次提劍上前要殺雁回。

她一聲厲喝，劍逆著龍心散發出的火焰力量，猛地往雁回身上砍去。而便在此時龍心倏地爆出一陣刺目光芒，幾乎能刺瞎凌霏的眼睛，她的動作便也在這光芒之中頓了下來，待得光芒消失，她頓覺心頭一涼。

緊接著尖銳的刺痛傳來。

她垂頭一看，雁回手中拿著一柄小刀，逕直刺穿了她的胸膛，她身體裡的血順著刀刃滴滴答答地落在了地上。

「雁回……」她喊著這兩個字，咬牙切齒，極致不甘。「妳竟敢……」

雁回盯著她，一雙眼睛裡盡是森森寒氣：「這是還妳的。」

「唰」的一聲，小刀從凌霏胸膛之中取出，雁回也沒了力氣，往後退了一步，摔坐於地上。

龍心光芒更熾，天頂之上碎石掉落得越發多了。

凌霏一身是血，她撐著身子站著，向前邁了一步，舉著劍固執地往雁回身上比劃：「我要殺了妳……」

她一步踏上前來，此時頭頂一塊大石壓下，逕直向凌霏腦袋砸去。凌霏身體一軟，往雁回身上倒去，雁回避無可避也無力再避，就這樣被生生壓在了凌霏身下，巨石落下層層疊疊，將兩人都埋其中。

所有落在龍心之上的石頭，皆被龍心之上的烈焰灼為灰燼。

不消片刻，整個石室轟然坍塌！

地表之上，祠堂結界登時消失，正一力抗衡天上眾仙的天曜分心回頭一望，只見背後祠堂在這一瞬間化為灰燼。

胸膛之中灼熱非常，即便隔得很遠，天曜也依舊看見了一抹閃耀如太陽一般的金光自塵埃之中升騰而起。

眾仙於空中也是訝異地看著廣寒山腳下的這一幕，只見那坍塌祠堂之中飛出的金光瞬間向著天曜而去。眾人不明究竟，竟然無人去攔，有仙者甚至認為那金光乃是廣寒門仙門祕寶，在金光撞上天曜身體之際，有仙者發出一聲歡呼，緊接著，眾仙便發現不對，沉默下來……

因為，那下方妖龍，並未消失在金光之中，而是那金光消失了……

寒涼了二十年的胸膛在這一瞬間終於重新溫熱了起來，心跳聲再次真真切切地出現在了他的身體裡。溫熱的血液充盈了四肢，冰涼的身體從內至外都變得溫暖。

然而此時天曜卻並沒有為找回龍心生出太多的激動，甚至連感慨也沒有生出多少。他回頭一望，在身後一片廢墟的祠堂之中，再沒有人從裡面走出來。

「雁回……」他呢喃出這個名字，不管天上還有與他敵對的數百仙人，一扭頭，邁步踏上廢墟。

找回龍心，世間萬物均在他感受之中，然而即便現在感覺如此靈敏，天曜也只隱隱探到了雁回幾分虛弱的氣息。

在這層層掩埋的廢墟之下……

天曜知道雁回要強的脾氣，知道她做起事來不管不顧的秉性。他能想像得到，在凌霏的追殺之下，要取心頭血破開龍心的封印，雁回或許是……以命相搏。

而他，又未曾幫得了她，又未曾救得了她。

明明，雁回是為了他賭上了性命，可他卻……

才找回心，天曜第一次用這顆心感受到的，卻是這般亂極又至痛的情緒。

他俯下身，一時竟忘記了現在的自己已可動用他曾經所會的大部分妖術。他以手撥開廢墟上的磚石，直到發現這樣挖掘不知何年何日才能挖完，才驅動周身氣息，以火焰燃燒出旋轉的形狀，帶動周身空氣，捲出了巨大的風，將地上泥石磚瓦盡數捲到了天上。

空中仙人見狀，皆是不解，被當作救兵請來的其他門派掌門問夢雲：「這妖龍意欲何為？」

夢雲眉頭一蹙：「不管他要做什麼，打斷他！」

她此話一出，天上誅妖陣劇烈波動，漫天飛雪下得更大，鋪天蓋地而來，壓制了天曜的火焰，火焰捲出的風漸小，空中被捲飛的泥沙磚石簌簌落下，天曜眸中似有火焰熾熱燃燒。

「阻我者死。」

他一側頭，眸中血色似烈焰，周身氣息一動，之前遍地尺厚的白雪被盡數融化成了雪水，嘩嘩地向著低處而去。天上廣寒門仙人未停止陣法。

天曜催動法力，找回的龍心在胸腔中猛一跳動，他黑色眼眸深處燒出一點火焰。

登時之間天地一靜，飛雪停歇，白雲止步，而便在這極靜當中，一股無形的熱浪挾帶著眾仙從未感受過的炙熱溫度，逕直衝撞在由數百仙人凝成的法陣之上。

列陣之人無不感到渾身灼痛，有仙者想要頑抗，但很快皮膚便被這看不見的熱浪灼燒出了水泡。終是有仙人扛不住這灼熱之力，當場眩暈，只聽得空中「轟」的一聲。

廣寒誅妖陣應聲而破，數百名列陣仙人宛如被撕碎的白紙一樣自空中落下。而其餘門派仙人亦沒能倖免，所有仙者除了修為高深的幾位掌門之外，無不被燒得皮開肉綻，哀號連天。

夢雲與其他門派掌門見狀皆是驚駭。

「你我怕是不敵妖龍，為今之計還是不與其爭鬥為妙！」有掌門如此說著，夢雲只得點頭：「我們先退去三重山，那處有仙族重兵把守。」

空中幾人自是想像不到，他們的話竟能被此時的天曜聽在耳裡，天曜周身氣息再一動，熱浪登時衝開，將還立在空中的幾人生生推開，數十里廣寒山地白雪盡退。

夢雲爬起身來之時，已分不清自己到底被這熱浪撞到了什麼地方，耳邊只有天曜好似從天際傳來的森寒之聲：「告訴素影——」他說著，只讓夢雲不由自主地遍體生寒。「二十年前的帳，天曜，他日必找她算清。」

耳邊再無其他聲音傳來，夢雲連忙馭劍而起，只簡單辨別了一個方向，便立即飛遠了去。

廣寒山腳終於安靜了下來，四周再無仙人吵鬧打擾。

天曜立在廢墟之上，手一揮，祠堂廢墟盡數被灼為灰燼，廢墟下方是坍塌的泥石。

天曜不能確定雁回具體被埋在哪個深度，便以火捲著風，清理著沙石。終於，天曜鼻尖嗅到了一絲血的氣味，不是其他，是雁回血的氣味。

他在高興找到雁回之餘，心口一緊，好似被扎了一針般澀疼。

沒時間再想其他，天曜俯下身去，以手搬開泥石，一層一層，終於看到了下方的衣裳。天曜連忙將石頭盡數搬開，卻見凌霏壓在雁回的身體之上。

見此情景，天曜只覺眼前一黑，他本還抱著希望：萬一凌霏並未找到雁回，萬一雁回在凌霏之前破開封印，萬一這祠堂的坍塌只是因為雁回打破了龍心封印……

可現在她們倆遇見了，這意味著，雁回在破開龍心封印之前受了大罪。

他根本不想用手觸碰凌霏的屍身，只以火一捲，凌霏登時便被捲出土堆，棄在一邊，泥土滾下，將她的身體掩了一半。

而此時天曜終於看見被埋在下方的雁回。看見此時的雁回，天曜喉頭一哽，心頭酸、澀、痛、慌一一溢了出來。

她心口上的傷口未曾乾涸，還有血水滲出，她受的傷不輕，鼻尖的呼吸幾乎快使人感受不到了……

天曜的手放在雁回心口之上，法力入了她心，他能明確地感受到那心臟的溫度還有那塊護心鱗，及雁回心臟之中藏著的若有似無的力量……

天曜的眼眸在雁回心口上停留了不過一瞬，登時便挪開了。

法力注入雁回心口當中，血很快止住，而皮肉之傷卻不是天曜的法術能癒合得了的。

天曜的手離開她的胸膛，雁回一聲嗆咳，睜開了眼睛。她眸中神色帶著迷濛，待看清楚了天曜的臉，雁回輕咳一聲，嗆出喉嚨裡的塵埃，她咧嘴一笑，嗓音有幾分沙啞：「你完整了，天曜。」

天曜喉間情緒湧動，一時竟堵住了喉。他沉默地看了雁回許久：「對。」

雁回笑得瞇起了眼，儘管她嘴角還帶著血跡，可也並不能掩蓋她笑容的明媚：「多虧了我啊。」

天曜將雁回從土石中抱了出來，一時卻沒有鬆手，他一隻手托住雁回的頭，將她揉在自己頸窩：「對，多虧了妳。」

多虧這世上有雁回，讓他剛找回心便體會到什麼叫驚慌失措，什麼叫怦然心動，什麼叫失而復得。

找到了雁回，廣寒門再無讓天曜多待片刻的理由。他正打算抱著雁回離開，倏地鼻尖一動，身形微頓。

雁回察覺天曜的異樣，微微睜開疲憊的眼睛：「怎麼了？」

天曜轉頭望向身後巍峨的廣寒山：「有龍鱗氣息。」他回身，找回了龍心，根本無須再動身，只微微動了氣息，龍氣便順著廣寒山蜿蜒而去。不消片刻，一件白色披風似被隱形的力量牽引而來，停留在天曜身前，懸空飄浮。

雁回抬眼一瞥，皺眉不解：「這是龍鱗？」

「被素影施加了法術罷了。」天曜心念一動，白色披風便落在了雁回身上。

雁回問：「你不把你的龍鱗……」雁回琢磨了一下用詞：「穿上？」

「妳先蓋著，龍鱗與妳心口護心鱗相作用，對妳的傷有好處，別的到了青丘再說。」

聽天曜說得堅定，雁回便也不再多言。

然而他這話音一落，旁邊便出現一陣窸窸窣窣的響，只見一個凡人跌跌撞撞、滿身狼狽地從一塊大石背後爬了出來：「你們是青丘的妖？」

來人臉上雖沾了汙漬，卻不影響他淨白的膚色。他向天曜走來，因為太急，一步拐了腳，可他沒叫痛，爬起來又急切地看著天曜：「你們是從青丘來的？」儘管如此，他聲色依舊溫潤。

天曜未看那人一眼，顯然是早發現了他躲在旁邊，卻毫不在意罷了。

他腳下氣息凝聚，眼看著要騰空而去，雁回卻在他懷裡拽了拽他衣襟：「此人有蹊蹺，他明明是個凡人，卻在這般環境之中毫髮無傷。」

即便雁回沒看見天曜具體做了什麼事，但見這滿天仙人盡數消失，廣寒山山腳一片狼藉，她也能猜到，天曜弄出的動靜不小，而這一個走路還會拐腳的凡人卻在這樣的環境當中毫髮無傷。

「自是無傷。」天曜聲色微涼。「他身上帶著素影結的那般厲害的結界。」

雁回聞言一愣，素影結的結界……

她一轉頭，再上下打量了男子一眼，見他一身衣衫雖然髒了，但卻並不是普通凡人所能穿著的衣料，而那一身書生氣息依舊是掩蓋不住。

這莫不是……素影喜歡的那個凡人書生？素影便是為了這人，剝了天曜的龍鱗，將天曜身體封印在了四方……

雁回不由得再將目光轉到天曜臉上，對著一個間接造成他而今命運的人，天曜卻好似並不想再多看一眼，不想接觸，也沒有遷怒。

眼見天曜並不想搭理他，書生連忙上前，一時竟全然不顧眼前的這兩個妖會不會傷害他的性命。
「我名陸慕生，我方才聽聞你們提到青丘，你們是青丘的人？你們是雲曦的族人嗎？」
聽到這個名字，雁回眉梢一動，雲曦便是那青丘國被素影殺害的九尾狐公主。據說雲曦到中原之後與這書生相愛，卻不料書生竟成了素影要找的人，最後雲曦還被素影殺害，取內丹抽精血，用以煉製狐媚香……
雖然那狐媚香到最後也沒有煉成……
「我並非青丘中人。」天曜對書生態度冷淡，說完便又起意要走，而那陸慕生卻連忙上前，不管不顧地一把抓了天曜的手臂。天曜抱著雁回，雙手皆不得空，一時也沒將陸慕生甩開：「不管你們是不是青丘的人，方才我聽聞你們要往青丘走，敢問俠士若是方便，可否帶上小生？」
「不方便。」天曜答得冷漠，手臂上的氣息一震，輕而易舉便將這陸慕生推開，天曜腳下妖氣一起，摔坐在一旁的書生見狀連聲大喊：
「小生乃一介凡人，絕無陰謀，只想離開此困境之地，還望公子成全！」陸慕生見無論說什麼天曜也毫無所動，他咬了咬牙，似極為不甘願般吐露道：「實不相瞞，這廣寒門掌門素影對在下心懷愛慕，可稱執著。公子雖是妖族中人，但或許也聽說過廣寒門素影為在下所做的那些……」他頓了頓，語氣當中有幾分咬牙切齒。

他這方沉默，天曜那方則更加沉默。

沒有人比天曜更清楚了，素影為了成全自己愛這個男子的心，都對別人做了些什麼事。

「其他不再多言，公子可將小生帶去青丘，或能做要脅素影之用。」陸慕生眉目微垂，透出幾分難堪與哀戚。「小生願做青丘之棋子，也不願在這廣寒門中多待片刻……還望公子……成全。」他說得艱難至極，語至最後，天曜依舊毫無反應。陸慕生心生絕望，只道這個妖怪絕對不會帶他走了。

天曜果然腳下御風，騰空而起，風聲帶動陸慕生的頭髮與衣袍，陸慕生垂著頭，似生無可戀，然而便在此時，一道大風捲起，逕直將他捲至空中。

凡人書生眼一花，再睜眼時已經飛到了天上，他被風抓著，緊緊跟在天曜的身後。

「從今日起，好好做一顆棋子。」

天曜的聲音從前面輕淺地飄來，陸慕生聞言，沒再說話。

他要說的方才便已經說完了，句句肺腑，毫無虛假，只剩些許自己的心情沒有吐露：他那麼想離開廣寒山，是因為素影；而他離開廣寒山之後那麼想去青丘，是因為雲曦。

因為那是生她養她的地方。他想去看看她的家鄉，儘管……雲曦已經不在了。

找回了龍心，天曜行的速度比之前更加快，路過三重山邊界，他根本不屑像來時那般提升高度以躲避修道者們的截殺。他逕直在三重山上空呼嘯而過，所有的仙人都能看得見他，然而卻無一人能追趕得上他，只能眼睜睜地看著妖龍從這屬於中原的地方，毫髮無損地回到青丘。

天曜剛一落地，燭離聞訊而來，跟著他一起追來的還有神色慌張的幻小煙。還沒走近，幻小煙便開始在遠處嘰嘰喳喳地喊：「主人啊！主人啊！妳怎麼啦？」

她是幻靈，戒指在雁回身上，在雁回重傷之際，幻小煙比誰都更先感覺到雁回氣息微弱，然而距離太遠，她根本不知道雁回那方發生了什麼事，也找不到雁回，急得團團轉了老久。

天曜將雁回抱回她屋中，放在床榻之上，幻小煙第一時間便撲了上去：「妳不會死吧？妳不會死吧？」

她太過吵鬧，將睡著的雁回吵得睜了眼睛：「被妳吵死了。」她聲音沙啞，但卻比之前好上許多，龍鱗製成的披風蓋在她身上，果然對她心口的傷大有裨益。

幻小煙舒了一口氣：「不死就好了，幻妖的主人死了會很晦氣的。我才出幻妖王宮，快活日子還在後頭呢，我可不想妳死了接下來我就倒楣一生啊。」

雁回聽聞此言真是一口氣堵在了胸口，此情此景又揍不了她，真是憋得胸痛。

好在下一瞬間，幻小煙便被天曜拎了後領，看也沒看直接從窗戶扔了出去，幫雁回出了口惡氣。

天曜將龍鱗披風微微拉開一點，看了看雁回的傷，轉頭對燭離道：「叫醫師來。」

「早叫了。」燭離沒好氣道：「知道你倆必定又是弄得一身傷回來！說了讓我與你們一道去，還想方設法甩掉我！當真混——」

「將此人安置好。」都不聽燭離將話說完，天曜便又給他安排了一個任務。

話被打斷，燭離心頭一氣，本想叱天曜兩句，但轉頭一看他們帶回來的人，皺了眉頭：「你帶一個凡人書生回青丘是要做什麼？本王照顧你們兩個已經是屈尊，卻還想讓本王照顧這個凡人嗎！」說到最後，燭離有些生氣。

天曜瞥了他一眼，輕描淡寫道：「這是陸慕生。」

燭離聽得好笑：「陸慕生是誰？陸慕生值得本王伺候嗎！陸……」燭離一頓，轉頭看陸慕生。「你是……」

陸慕生站在一邊一言未發。

然後便見燭離驚愕地瞪大了眼，又轉頭看了一眼天曜：「確定？」

天曜手按在雁回心頭傷口之上，以法力緩和雁回身體上的疼痛。他專心致志，並沒回答燭離的問題，於是陸慕生便向燭離鞠了個躬：「小生陸慕生。」

燭離便以驚愕的目光看著他，愣了好半晌，隨即眉目一肅：「你跟我來。」

陸慕生一愣，轉頭看了看天曜，天曜便頭也沒回地對他道：「你不是要做青丘的棋子嗎？他們會成全你。」

陸慕生聞言，這才與燭離一同走了出去。

房間一時安靜下來。

雁回瞇著眼睛躺了一會兒，隨即微微睜開眼，看著依舊坐在她床邊往她傷口裡注入法力的天曜：「傷口已經好多了，沒必要再用法力療傷了。」

「等醫師來了便好。」

雁回靜靜地看了天曜一會兒，隨即笑道：「我現在到底是幫你找回身體的恩人，待遇就是不同了，最開始你捅我胸膛放我心頭血的時候，可是連眼睛也未曾眨一下，哪敢想傷後你還會給我療傷啊。」

雁回這話帶著三分揶揄，天曜卻聽得下頷一緊，他微微抿了下唇：「當時是力所不能及。現在……」

「現在如何？」

醫師進了門，天曜便沒再說下去。

現在，他會傾其所有保護她。

即便未來狂風驟雨，他也不會讓雁回再受這般苦楚。

青丘的醫師來看雁回之時，雁回胸口上的傷癒合的情況讓醫師驚訝不已，只說了句：「這傷自己都快要好了。」便簡單給雁回開了兩服安神的藥離開了。

雁回心知是天曜的龍鱗和他的法力起了作用，難怪素影想要天曜的龍鱗鎧甲給陸慕生穿上。透心之傷都能恢復得如此快，對凡人而言，這著實是保命的利器了。

醫師走後，天曜靜靜地陪在雁回身邊守著，沒有離開。雁回一時也沒有睡意，只睜著眼睛看著天曜，相對無言，氣氛難免有些僵硬，雁回想了想便問：「那陸慕生……你想如何處置？」

天曜淡淡瞥了雁回一眼：「那是他們九尾狐一族的事。」

雁回聞言，不由得一愣，她觀察了一會兒天曜的表情道：「你對他，似乎並沒什麼恨意？」

「我與素影之間的恩怨雖是因他而起，但若要了結卻是與他無關。我對這個凡人，談不上恨意，不過是不太想見他罷了。」

「不過看現在這陸慕生的樣子，心裡對素影應當是恨得厲害，竟心甘情願到青丘，哪怕只是做一枚棋子。」雁回默了一瞬。「素影害了那麼多妖，殺了那麼多人，費盡心機，可她依舊沒過上她想過的那種生活……」

「妳這樣一說……」天曜搭了句話：「聽起來倒也讓人挺開心的。」

雁回瞅了天曜一眼，沒再多言。

夜晚之時，雁回昏昏沉沉地墜入夢裡，四周混沌黑暗，她隱隱看見前方有一點灰色的光芒在輕輕晃動。她踏上前去，定睛一看終是將那人看清楚了。

黑髮執劍，依舊是辰星山的那身衣衫，他如同每一次雁回看見他時一樣，挺直背脊立在彼方。

「大師兄。」看清了那人的臉，雁回站定腳步，就這樣隔得遠遠地看著他，不再追逐也不再慌張。她靜靜看了他一會兒，又勾起嘴角微微一笑，神色輕鬆。「大師兄，你看，我為你報仇了。」她說：「我殺了凌霏，你可以安心走了。」

子辰只在彼方望著她，神色似有幾分哀戚。

雁回見狀，唇角的笑容微微有幾分僵硬。「你不開心嗎？」她問：「為什麼呢？你的仇我報了，那日辰星山中的恨與不甘我也了結了，我斷了過去十年與辰星山的緣，斬了修仙的路途，我甚至都聽了你的話，來了青丘，到這妖族中開始生活……」她說著，笑了笑。「我可是很少聽你的話呢。」

可她嘴角硬生生扯出來的笑容，便在子辰依舊緊蹙的眉頭當中又隱了下去。

「可你為什麼不開心呢？不替你自己感到開心，也不替我感到開心嗎？」

子辰沒有回答她，但身影卻在混沌的黑暗當中越來越淡，直至雁回清醒，她似乎在腦海中聽到了一句若有似無的嘆息。但睜開眼，房間還是她的房間，四周東西依舊未變過。

周遭事物的真實襯得剛才那個夢更加虛假。可即便知道是假的，雁回也依舊無法再入眠。

窗外月色正好，雁回心煩意亂，索性不再在屋裡待著，披了件外衣，便去了冷泉。

快到冷泉之際，雁回察覺到有一股龍氣在那方盤踞，她沒有刻意躲避，只坦然走上前去。她能感覺到天曜，天曜肯定老早就感覺到她的存在了，既然天曜沒躲，那她更沒有躲的必要。

踏到冷泉邊，雁回並沒見到天曜的影子，她喚了一聲：「天曜。」冷泉中才有水波一動，緊接著龍脊頂開水面，覆著青鱗的龍背露了出來，有的鱗片依舊翻飛，顯得猙獰，但那些傷口卻被鱗片遮住，沒再看見了。

長長的龍身在水中一動，脊背落下，天曜的頭才從水中抬了出來。

上次秋月祭之夜場面太過混亂，雁回現在的記憶力只剩下了血和泥。她雖然餵過天曜喝血，但卻還沒真正好好看過他這原身龍頭。

目如點睛，龍鬚飛舞，龍角挺拔，當真如傳說中一般威武。

「妳怎麼來了？」龍沒有張口，但聲音卻傳到了雁回心裡。

「睡不著就來逛逛。」雁回歪著腦袋看了他一會兒，指尖輕輕動了動，好奇道：「我忽然想摸摸你。」

聽得這話，天曜仰著的那威武的龍頭在空中僵了一瞬，似有了好一場內心掙扎，隨即才俯下頭來，將自己送到雁回身前，閉上了眼睛。

雁回果然沒客氣，抬手就摸在了他頭上，柔軟的指尖從龍角之間開始，一直滑到他鼻子上，末尾俏皮地畫了個圈。雁回被自己的動作逗笑了，她笑聲一出，天曜便睜開了眼睛。

雁回又摸了摸他的龍角：「上次摸得太慌亂，都沒體會到觸感，這下是體會到了，你腦袋可真硬啊。」她說著，手又滑到天曜的龍鬚之上，她拽著龍鬚捏了捏，又從根部一下捋到了末端。「你這龍鬚化成人形的時候怎麼就不見了？摸起來手感還不錯。」

天曜龍鬚一動，躲開了雁回的手：「妳在冷泉中沐浴吧，我先走了。」

他說著要起，雁回連忙擺手：「待著待著，你那一身鱗片才找回來，得好好泡泡這泉水。我就過來坐坐，又不脫衣服的，你羞什麼呀。」雁回拍了拍他的頭。「放心，我不趁機占你便宜。」

天曜：「……」

於是龍身便沉入水中，只將腦袋搭在岸邊，雁回坐在他旁邊，脫了鞋襪將腳泡進了冷泉水裡。

已是秋夜，林中蟲鳴比起夏日已少了許多，夜裡格外安靜。雁回的腳在水中玩了幾下水，混著「嘩嘩」水聲，雁回望著夜空嘆道：「回頭一想，咱倆好似一起走過了不少路，不過這樣安安靜靜坐在一起的時候，好像還挺少的。」

誰說不是呢，他們走的這一路，時時刻刻皆是生死遊戲，他們對彼此有超過任何人的默契，但這些默契卻從來不是因為他們之間聊得多，好似他們天生就那樣瞭解彼此。

天曜沒有答話，泉水之中的龍尾卻在他沒有察覺的情況下，跟著雁回晃腿的速度在水裡一搖一擺，節奏舒緩愉悅。

「天曜你有想過，要是有一天，你報了仇，殺了素影之後，你要做什麼嗎？」

龍尾在水中晃動的速度緩了下來，隨即停止，沉默了許久，聲音才出現在雁回心中：「未曾想過。」

雁回仰天長嘆一聲：「我今天又夢見大師兄了。他就站在混沌當中遙遙地看著我，不動也不笑。我告訴他我殺了凌霏，可是他好像並沒有表現出特別開心的樣子。」

天曜安慰雁回：「那只是個夢罷了。」

雁回默了一瞬，她摸了摸自己的心：「天曜你可還記得，你的護心鱗將我從鬼門關拉回，於是我能看見鬼魂的事嗎？」雁回道：「我從來不作沒有意義的夢的。即便第一次是，第二次也不會是，第三次更不會。」雁回垂了眼眸。「大師兄走得並不安心。他對我殺了凌霏、入了妖道、拋棄過去十年修仙路的做法，大概是很不贊同吧。」

「所以，妳現在後悔殺了凌霏嗎？」

雁回默了一瞬：「你可知，我在與凌霏對峙之時，有一次機會，我本可手起刀落，將她斬殺。但我卻猶豫了一瞬。」雁回自嘲似地笑了笑。「看著她那身辰星山的衣衫，我才發現，即便走到如今這一步，要讓我徹底割捨我那過去的十年，我竟是有些許捨不得的。這情緒就像那些凡人所說的近鄉情怯吧，雖然意味差了許多，但大概這個詞是最合適不過的了。」

「而便是那一瞬，讓我的心口破了一個洞。在那樣你死我活的情況下，新仇舊恨，我殺了凌霏，毫無半分後悔。素影在修道界名聲在外，不管凌霏做錯了什麼，只要她是她妹妹，素影便會包庇她，所以修道界沒有誰能懲治凌霏，讓她以命償命，因此這件事必須由我來做。當時我手中刀刃刺透凌霏胸膛的時候，我頭一次知道『解恨』這兩個字有多麼舒爽。」

「大仇得報或許就是這樣的感覺吧。那般解恨，然而解恨之後，我對凌霏的仇恨也就此完結了。這世上少了一個我恨的人，可在這之前，這世上也已經少了一個我愛的人。我無論做什麼都救不回他……」雁回仰頭，長嘆一聲，聲帶苦笑。「大師兄成了我心頭一塊疤，我治癒不了他。」

聽罷雁回這一番話，天曜沉默了許久：「雁回。」他喚她，聲音專注，雁回走出自己的情緒，轉頭看著天曜。

「妳的疤，我幫妳治。」

鏗鏘有力的七個字，將雁回震得愣住。一時間林間靜謐得讓人心驚。

「如果妳說真正的報仇不是殺掉他人而是治癒自己，那妳的傷，我幫妳醫治。」

雁回怔怔地看了天曜許久，隨即拍了拍天曜的腦袋，笑道：「你理解錯了，我的意思是，真正的報仇是，殺了仇人，然後治癒自己。」

因為做錯了事的人，總要得到處罰，如果沒有人能制裁那人，那雁回便自己來。

「不過你要治癒我心頭的疤，我還是滿期待的呢。」雁回想了想。「不過我既然說了不占你便宜，那你的傷，以後也就交給我好了。」雁回摸著天曜的腦袋。「放心，我會努力治好你的。」

她最後這話說得像是玩笑話，但天曜卻在她的撫摩中輕輕閉上了眼。

其實不用努力的。

隨便治一治糊弄兩下也是可以的。

因為，她早就已讓他的傷口，癒合好多了……

第十八章 青丘之戰

翌日一早，青丘國主召天曜去王宮，燭離來傳話時說國主交代，讓雁回也同去。

雁回聞言一愣：「我？」她現在雖入了妖道，但法術仍未修得精深，青丘國主喚她去見是什麼意思？難道青丘國當真缺人缺到連她也不放過了嗎？

天曜聞言也蹙了眉：「她傷未好。」

燭離點頭：「國主知道，所以著飛狐來接了。」他話音剛落，一道光影劃過，一隻五尾白狐落在雁回床榻旁邊，彎了前腿，匍匐於地，等待雁回坐上牠的後背。

雁回見狀一默，坐了上去。

一行人到了青丘王宮，卻只有雁回與天曜進了巨木之中的宮殿，燭離乖乖守在宮殿之外。

青丘國主如之前一般依舊坐在殿堂之後，隻手輕輕撐著臉頰，靜靜垂著眼眸，不知是在沉思還是在小憩，弄得雁回一時也不知是開口好還是不開口好。

在這樣清冷得幾近於仙人的大妖怪面前，不只是雁回，只怕極少有人會不顯得局促吧。

而天曜，或許便是這極少人當中的一個。「國主。」他打了聲招呼，喊的雖是這兩個字，但卻與平時與其他人打招呼並沒什麼兩樣。

青丘國主這才睜開眼睛，目光掃了天曜一眼，隨即便落在雁回身上，將她打量了一番。這一眼看得雁回覺得甚是奇怪，明明先前，她與天曜一起來，青丘國主都沒怎麼打量她這個「閒人」。

「燭離給了妳《妖賦》，而今修得了幾重？」

青丘國主開口卻先問的雁回，雁回有些不明所以，但還是答：「已經到第二重了，勤加修煉，隔幾日或許能到第三重。」

「妳進展倒是快，難得之材。」

能得到青丘國主的誇獎，雁回有幾分受寵若驚，不過話既然說到這分上，雁回打算順竿爬一下：「敢問國主，燭離說那《妖賦》是在王宮藏書閣裡發現的。而現在《妖賦》只到第九重便截止，後面未完的功法，國主可知存在何處？」

青丘國主沉默了片刻：「《妖賦》修煉至第九重足矣。再多，於妳而言，並非好事。」

雁回怔神，聽他這話的意思，明明是知道《妖賦》接下來有幾重功法，且知道功法具體內容的，但他卻這般說……

「你的身體已經找完整了嗎？」青丘國主目光挪開，轉到了天曜身上，同時也將話題帶開了去。

而問的這個問題，在雁回看來似乎已經很顯而易見，雁回奇怪青丘國主怎麼會看不透天曜身體完整與否，而更奇怪的則是天曜也是默了一瞬。

「已經完整了。」天曜這般回答。

青丘國主聽了，站起身來，緩步向天曜走近：「中原傳來消息，說你血洗廣寒門？」

雁回聞言，有幾分錯愕，她轉頭看天曜。雁回不知道當時廣寒門具體發生了什麼，但光是從那日她被天曜從泥土之中挖出來時，廣寒門的寂靜無聲便能推測出來，廣寒門的情況必定好不到哪裡去。

但她卻沒想到竟然是……「血洗」二字？

「呵。」天曜聞言勾了唇，一聲淡淡冷笑。「那便算血洗？中原仙人口中的殺戮都太容易誇張了。」天曜淡淡道：「他們死不了多少人。」

青丘國主的眼眸似天生帶著寒光，他眸中寒光微微一凝，即便他不是盯著雁回，可也看得雁回心底微微一寒，手腳一涼，青丘國主聲色薄涼道：「千年妖龍之力，便僅是如此？」

雁回一愣，青丘國主這是什麼意思？

天曜剛找回龍心，以一己之力壓制了廣寒門所有守山弟子，這本已是驚世駭俗之舉，而在青丘國主眼裡看來，卻是——不過如此？

然而被如此質問，天曜卻沒有答話。

這兩人的一問一答弄得雁回一頭霧水，雁回不由得對青丘國主道：「天曜剛找回龍心，身體之中法力未復——」

「雁回。」天曜先打斷了她的話，他轉頭看她。「妳先在外面等我。」

這還是……天曜第一次對她提這樣的要求。從來他們兩人之間都是資訊共用的，她知道的事情天曜一定知道，而天曜知道的，她便也一定知道，這就是為什麼他們那麼瞭解彼此，她那麼信任天曜的理由。

而現在，雁回卻恍然發現，原來，天曜或許還有什麼事瞞著她。

不能告訴她的祕密……

雁回只望了天曜一眼，也並未糾結太久，道了聲「好」便一扭頭出了門。

燭離也不知忙什麼去了，沒守在王宮門口。雁回等了一會兒，閒得無聊便在道路交錯的王宮外閒閒散步。

心口上的傷沒好，她走一會兒歇一會兒，也不記路，就這樣漫無目的地走著。有時有小狐妖從她身邊跑過，雁回便好玩地摸上一把。本想隨便逛逛，雁回心裡還是在不由自主地想，天曜會瞞她什麼事。

從剛才那番話來看，青丘國主無非是說天曜其實並沒有把身體完全找回，但除了她心口的這塊護心鱗以外，還有什麼漏下了呢？

難道說，她心裡的這塊護心鱗是天曜身體上必不可少的一樣東西嗎？必要到會影響他的法力發揮？

雁回想了一會兒，毫無結果。畢竟關於龍的身體的事，天曜既然想要瞞她，那她便很難從其他地方知道些什麼了。

不過想歸想，猜歸猜，雁回始終還是相信，天曜不會害她的。

至少在方才青丘國主問他身體有沒有找完整的時候，他的回答是找完整了。他並不想拿回雁回身體裡的這塊護心鱗。

一邊想一邊走，雁回不知不覺竟走到了一座小宅子前。

雁回望著這王宮巨木林深處的宅子有幾分愣神，她左右看了看，青丘王宮的山頭上所有的妖怪都住在樹洞裡，連青丘國主雁回也沒看見他去過別的地方，這裡為什麼會有一座宅子，難道……這是青丘國主住的地方？

「不要過去啦。」雁回心頭還在猜測，便有白色的小狐妖竄到她腳邊，有的不會說話的狐妖咬住了她的衣襬，有的就攔在了她的身前，奶聲奶氣地說：「前面是雲曦公主的院子，國主不喜歡別人進公主院子的。」

雁回愣神，這就是那被素影殺害的九尾狐公主的宅子？

看來青丘國主當真是很疼愛這個小女兒啊，別的王爺都打發去了山下，只留女兒在山上住著，陪伴自己，結果現在……

雁回抬眼往院子裡一看，卻見一個男子身形在院門口一晃而過。

定睛一看，那竟是昨日被燭離帶走的陸慕生。

「你怎麼會在這兒？」雁回脫口問出。

那方拿了掃帚正在掃門前落葉的陸慕生聞聲抬頭，見了雁回微微一怔：「姑娘？」他目光似有些困惑地在雁回心口處一掃而過。「妳的傷可好了？」

「沒什麼大礙了。」

陸慕生點頭笑了笑：「這便好，你們妖族人的身體受了傷倒是都好得快。」「我不是妖族人。」雁回頓了頓，正色看著陸慕生。「個把月前，我也還是個修仙的人。」

陸慕生聞言一怔，他看著雁回靜待下言。雁回想了想：「不過那些都不重要了，我現在也是個妖。與你一樣，比起中原，我更想待在青丘。」雁回指了指陸慕生身後的宅子。「青丘國主讓你住在這裡的嗎？」

「是我求國主讓我待在這裡的。」陸慕生也回頭看了看院子，脣角掛著淺淺的笑。「這是雲曦以前住的地方，想著她曾在這裡笑，在這裡鬧，我便不想再離開這個地方了。她以前與我說過，若是以後能再回青丘，便要在她的院子裡種花種草，因為以前她都太貪玩了，根本沒時間打理自己的院子，現在我終於可以幫她打理了。」

雁回能看得出，這個書生大概是真的很愛那九尾狐公主吧，因為他提到「雲曦」兩個字的時候，眼神是那麼閃閃發亮。

而此刻他的眼神越是閃亮，雁回便能想像得出，待在廣寒門的陸慕生，有多麼頹敗。

雁回忽然想到在她與天曜一起去天香坊取龍角的時候，她用天曜教她的法術窺探素影的行蹤卻被素影發現，而那時是有奴僕來向素影稟報有關陸慕生企圖自盡的消息，素影這才離開。

說來，他也算是用生命間接救了她與天曜一命呢。

因為那時的天曜若被素影發現，這之後的事，都不可能再發生了。

而這陸慕生在素影的掌控下明明恨得生不如死，卻偏偏又求死不得。想來，他也是一個可憐之人。

「真是要謝國主寬厚了。」陸慕生道：「我本做好了此生都再見不到與雲曦相關的事物的準備了。」他輕笑。「謝謝妳與那位公子將我從中原帶到這裡。」

雁回只有沉默。隔了半晌，她才道：「你是制約素影的一個巨大因素……青丘，不會一直放任你在這裡為雲曦公主打掃院落的。」

「我知道。」陸慕生轉身繼續清掃牆角枯葉。「做青丘的棋子對付素影，我求之不得。自從得知雲曦被那般殘忍地……」他是一介書生，從未握過刀槍，手指淨白，但此刻握著掃帚，卻用力得關節泛白。「陸慕生在那時便死了，從此之後過的皆是非人的日子。而今能入得青丘，即便只是做一枚棋子，也覺是偷來的性命。」

「青丘要利用我，盡可利用。我這條命，便是送與青丘又有何妨？」他聲音之中，皆是濃得化不開的恨意。「我只求讓素影……不得好死。」

天曜在廣寒門取回了龍心，但前線的妖族與素影帶領的仙人爭鬥摩擦依舊在繼續，素影挖了不知道多少妖的內丹。是日傍晚，那方終於傳來了消息：素影接到了中原傳來的消息，廣寒門被偷襲，這才收手撤退，連夜趕回廣寒門。

但隨著這個消息一同被使者帶回來的，還有另一個消息——

被派去前線的九尾狐儲君之女弦歌，在戰場上被素影抓走了。

然後便沒了弦歌的消息，沒人知道素影有沒有殺掉弦歌，有沒有剖取弦歌的內丹，因為沒人看見弦歌的屍體。素影也暫時沒有放出絲毫關於弦歌的消息，便這樣悄無聲息地捉了她。

聽到這個消息的第一瞬間，雁回便想，素影定是知道天曜將陸慕生帶來了青丘，於是她才做了這樣的事來制衡青丘吧。

九尾狐幾位王爺太厲害捉不了，於是便捉了弦歌，極重血緣關係的九尾狐必定不會置弦歌於不顧。

素影這一步走得不可謂不聰明。

雁回從燭離那裡知道消息的時候，天曜也在旁邊聽著，他側眸看雁回：「妳可想去救弦歌？」

「想。」雁回堅定地吐了這個字，緊接著便搖頭。「可我不能去。」她轉頭看天曜。「你現在不一定能戰得過素影，對吧？」

天曜默認了。

雁回又瞥了眼在一旁皺著眉頭不說話的燭離：「九尾狐們也尚未表態，對吧？」

燭離聞言，立即道：「我自是想奮不顧身將皇姊救回來，但是……」燭離一頓，眼眸微垂。「國主並未有所表示。」

說到底，還是如雁回所說，九尾狐一族在保持沉默。

雁回道：「而現在只要陸慕生在我們手裡，素影便不敢對弦歌怎樣。」她垂了眼眸。「為今之計，只有等，且看素影要玩什麼把戲，我們只需以靜制動。」

聽雁回說話之時天曜未曾發言，直至此時，天曜才輕輕叩了兩下桌面：「妳倒是成長不少。不再那般衝動。」

雁回勾脣，笑容略有幾分澀：「若這便是成長，那我情願此生，上天從未給過我成長的機會。」

天曜不再開口，雁回望了望遠方，心道，素影既然捉了弦歌，那極大可能便是要用弦歌來換陸慕生。而對青丘而言，陸慕生是可以制衡素影，但或許並沒有自己的子孫來得重要，弦歌或許能安然無恙地回來吧。

夜深時分，月色正明，素影立於廣寒山腳已化為廢墟的祠堂之上。

凌霏的屍首被白布裹上停放在她身前，素影拉開凌霏面上的白布，這是她回廣寒門後第一次見到凌霏，但見凌霏一臉猙獰的傷口，一身狼狽，心口斑斑血跡，還睜著眼睛。在她未閉上的眼睛裡面，素影看到了那麼多的不甘與仇恨。

夢雲仙姑靜立在素影身旁，但見素影拈著白布的指尖有些許顫抖，夢雲垂著頭沉痛道：「……當時淩霏真人入祠堂結界中時，我本也想跟去，欲助她一臂之力，奈何妖龍守在結界入口處，我等近身不得……」夢雲神色哀戚。「真人……且莫太過傷心了。」

素影默了許久：「莫太過傷心？」她重複呢喃了一句夢雲的話，聲色似帶著寒氣。「我一生寡極親緣，父母早早仙去，唯有素娥乃我至親，我以為修得至高仙法，便可護她一生安然無虞，卻如今……」她聲色一頓：「妳卻讓我如何不要傷心。」

「我此次離開廣寒門，不過幾日光景，門中半數門徒經脈重損，或再不能修仙，慕生被妖龍帶走，生死未卜，而我妹妹遭此劫難死不瞑目！」

語至最後，素影似天生寒涼的聲音已帶了幾分沙啞顫抖，暴風雪在她眼底堆積，殺意濃郁：「那叛仙的雁回、惡貫滿盈的妖龍，還有那青丘之妖……」她唇齒咬緊，有幾分切骨之意。「我要他們血債血償。」

話音未落，夢雲只覺一陣狂風捲著素影，霎時便將素影帶去了天際，化為一道月白的光，向著青丘方向而去。

猜到痛極大怒的素影要做什麼，夢雲連忙在後追趕：「真人！不可衝動！」可尚且有傷在身的夢雲哪裡追得上素影的腳步，眼看著素影身影的白光消失在視線裡，夢雲一轉頭回了廣寒門，立即傳召了弟子：「快！快去辰星山請淩霄道長前來！門主她哀慟至極，隻身去了青丘！」

身在青丘的雁回正在為弦歌被捉的事情夜不成寐，她習慣性地走到冷泉邊，也是習慣一般地遇見了化作龍身在冷泉之中沐浴的天曜。

天曜腦袋搭在岸上，聽見雁回的腳步聲由遠及近而來，只在她走近的時候睜了一隻眼睛瞥了她一下，隨即又習以為常地閉上了。

龍頭往旁邊挪了挪，他擱置龍頭的那塊地被他的下巴焐熱了，雁回習慣靠著他的腦袋坐下。秋夜寒意瘆人，可雁回坐下也不覺得冷。

「天曜。」

「嗯。」

「若是青丘不願用陸慕生去換弦歌。」雁回一頓。「你說素影會殺了弦歌嗎？」

「不知道。」

「你說我成長了。」雁回道：「可腦袋一空下來，我便會忍不住想，素影大概會像殺其他妖怪一樣，先殺了弦歌，然後再剖了她的內丹……一想到這個，我便快要坐不住了。」雁回深呼吸一口，然後望著夜空道：「不過坐不住，我也無可奈何。」

天曜沉默著。

「不想這個了。左右現在也想不出個什麼結果來。」雁回拍了拍腦袋，沉默地望著天空靜靜坐了一會兒，倏地腦中閃過了一個問題，轉頭看天曜。「天曜。」

她聲色比平時正經了幾分：「說來，你的內丹呢？」

閉眼的天曜倏地睜開了眼睛，龍頭微微一動，他盯住了雁回。

「妖都有內丹，你也不例外吧。」雁回望著他。「可我為何，從未聽你提起過你的內丹呢？」

天曜沒有答話。

便在這相望沉默之際，天空之中傳來一道懾人寒氣。周遭氣溫驟降，林間草木霎時結霜凋零，宛如瞬間步入了冬季，林中野獸慌張奔走發出聲聲哀號。

冷泉之中的天曜身形一變，霎時化為人形。

天空之中有白光劃來，天曜眉頭狠狠一蹙，連話都沒有機會說，他伸手要拉雁回躲向一邊，可劈頭蓋臉的便是一陣冰針簌簌而下，天曜只堪堪在周身撐出了一道火光結界將冰針盡數熔解。可或許真是法力不夠，不消片刻，天曜撐出來的火光結界開始在冰針密集的攻擊之下變得稀薄。

有的地方甚至出現了破洞，眼看著結界告破。

天曜身形一閃，逕直將雁回抱進懷裡，以身做盾，用他的脊梁擋住了所有刺來的針尖。

天曜的懷抱不再像以前那般瘦弱。他臂膀有力，胸膛寬闊，懷抱裡是燙人的溫暖，雁回被他護在懷裡，一時之間竟忘記了所有事情。

她不是看不清這情勢，她知道冰針來得多急多猛，所以她知道，即便是找回了所有身體的天曜，現在也依舊是用命在護著她。

所有冰針在離天曜背脊三寸之處盡數被灼化為水，落在地上，愣是沒有一根針刺中天曜的背脊。

天際上的白光已經落下，立在茂密的樹林之上。素影看著相擁而立的兩人，面色如霜，見冰針未傷得了天曜兩人，手上動作根本沒有停歇，又是一記法力送上天空之中，天上積雲密布，一道天雷挾帶著撼天動地之勢，自九重天上落下，狠狠地擊打在天曜與雁回身上。

天曜積聚法力，所有的力量都護在雁回身上，而他不承想這一下震耳欲聾的雷擊之後，兩人連喘氣的時間都沒有，斜刺裡一道寒劍帶著刺目光芒向他兩人中間惡狠狠地刺來。

天曜只好放開了雁回。

素影眼睛都未眨一下，身形一轉，對準雁回便一劍砍去，作勢要將雁回劈成兩半。

而在劍尖落在雁回身上之前，只聽得一聲龍嘯，青龍之尾猛地擊打在素影身上。素影生生遭化為原形的天曜這一擊，被這大力打入樹林之中，不知撞斷了多少棵樹才堪堪停了下來。

巨大的青龍護在雁回身前。

樹林之中塵埃落定，而素影卻毫髮未傷地頂著清亮月光從那方狼藉之中現出。她面有寒霜，眸帶殺氣，整個人恍似那天界下來斬妖除魔的清冷的仙，冷得讓人心肺皆凍。

兩方對峙。

雁回心裡明白，方才那幾下攻擊，對素影來說或許根本不算什麼，而天曜已經被逼得化了原形。

形勢再明顯不過，現在的天曜果然還不是素影的對手。

「妖龍天曜。」素影手中三尺寒劍一振。「以你如今之力，休想阻我殺此害我至親之人。」

然而雖然形勢如此，天曜卻絲毫不慌亂，他只將雁回捲在自己龍尾守護的範圍之內，盯著素影，聲色渾厚道：「青丘國境內，妳便是廣寒門門主又如何？」

他話音一落，四方妖火大亮，不過片刻，九尾狐一族的王爺盡數到場。而天空之上，九尾狐妖的妖力傾盆而下，給在場之人盡數施加了震懾。

雁回抬頭一望，竟是青丘國主親自來了。

她轉頭看孤立於眾妖之間神色依舊清冷的素影。

雁回此刻不合時宜地想，此人到底是怎樣的一個人。雁回從未想過素影會為了她妹妹凌霏的死，怒極而隻身獨闖青丘，不過一轉念，雁回便又想通了。

這是一個為了救自己所愛之人，願魅惑天曜，然後將他拆筋剝骨之人。她是一個為了得到愛人的心，無所不用其極的人。她對自己所愛之人傾盡所有的好，甚至不管自己愛的人到底怎麼想。

她愛得那麼自私又偏執，她修的是冰雪法術，然而心卻是煉獄熔岩，為了自己的愛，她可以摧毀一切。

這樣的人，最可怕，也最可悲。

狐火燒亮了青丘整片夜空，掩蓋了月色，山間樹林之中無人說話，但氣氛卻格外凝重。

青丘國主於上空中冷聲問：「妳便是素影？」

素影一抬眼眸，望向天空之中，青丘國主周身的光華耀眼得刺目，而素影卻未眨雙目，只盯著他道：「是又如何？」

她四字一落，空中似有巨大的力狠狠壓了下來。雁回現今雖已修妖，但如今她的修為與在場之人相比實在弱了不少，當即便覺得胸悶氣虛，連哼都未曾哼一聲，便腿腳一軟，被這氣壓壓得逕直往地上倒去。

天曜龍身一轉，再次化為人形，毫不猶豫地將雁回抱在懷裡，雙手捂住她的耳朵，給她溫暖的同時也幫雁回擋住了不少壓力。

素影一身仙法瞬間得到了壓制，她周身立即推出了一個寒芒結界，將自己護在其中。

「隻身來我青丘，妳還想全身而退？」青丘國主聲色冷冽：「不知死活。」

青丘國主言罷，天曜立時抱著雁回往後一跳沉入冷泉之中。在他與雁回的身影完全沒入冷泉泉水之際，一道白光自青丘國主袖中拂下，落在地上，宛如清風拂地，遍野草木盡數折腰。

素影眸光大寒，周身護體結界光芒暴長，與青丘國主的力量相抗。巨大仙力與妖力的衝擊在空氣中擦出灼目的光芒，只聽得「轟隆」一聲巨響，草木盡毀，萬頃樹林瞬間灰飛煙滅，化為一片荒蕪之地。

強大力量的撞擊便是如此，宛如有動天撼地之力。

光芒與巨響之後，四周再次恢復寂靜。素影所立之地沉下去一個大坑，土石龜裂，她立於中心之地，背脊挺得宛如一根刺一般筆直，只是唇色比之方才難掩蒼白。

「我既敢來，便已想到全部後果。」素影開口，她轉了目光，盯住天曜與雁回藏身的冷泉。「無論後果如何，我皆不會放過此人。」

她說著，冷泉岸邊猛地覆上一層白霜，根根冰晶在泉水之中凝結。

天曜護住雁回，被逼破水而出。剛出水的一瞬間，巨大的仙氣便鋪天蓋地而來，直取天曜與雁回首級。

便在這仙氣飛去之際，斜刺裡猛地橫來兩人，衣袖輕撫，將素影凜冽殺氣盡數化去，來人正是青丘的兩位王爺。他們擋在天曜身前，望著素影冷笑：「當真欺我青丘無人？」

見此情勢，天曜懷中的雁回心道，素影先前殺了雲曦公主，在場王爺以及青丘國主無不對她恨之入骨，今夜她只怕是要為了自己的一時偏激，而付出慘痛的代價了……

可她心頭這個念頭尚未落實，天空邊際一道仙氣急速往這邊而來。

若是別人，雁回不一定能感覺得到，但這氣息她實在太熟悉不過。在天曜懷裡一轉頭，她望向那方，沒有片刻，白衣廣袖的仙人便馭劍而來，轉瞬便落至素影身旁。

雁回目光落在那人身上，怔了好久的神。

凌霄……

竟是他來了，而且還是隻身前來，身側無人跟隨。不過想來也是，除了他們這樣能力的人，還有誰能不受干擾這麼快越過三重山，深入青丘之中。

素影轉頭看了他一眼，眸光微動，似有幾分動容：「素影衝動行事，凌霄何必跟隨我來……受我拖累。」

是呀，這樣的情景，凌霄竟然趕來了……

為了救素影。

「素影真人不需客氣。」凌霄說的話是這樣，但這句話本身便在與素影客氣，他沒寒暄太多，眸光在空中一轉，看清形勢。

空中除了青丘國主和幾位王爺，便只有天曜與雁回了。毫無意外，凌霄很快便看到了雁回，他的目光只在雁回身上一頓，下一瞬間便挪開了去，像看到一個無關緊要的陌生人一般。

雁回握住天曜手臂的手一緊，天曜垂頭看她，只見雁回唇瓣不由自主地顫抖，不知是周身寒涼，還是心緒激動。

天曜眸光一垂，只催動法力，讓自己的懷抱更暖一些，讓雁回顫抖得更輕一些。

「九尾狐儲君之女弦歌在先前戰鬥之中被俘。」凌霄眸色薄涼，開口沒有一句廢話直奔主題，行事風格依舊是他以前的模樣，但雁回聽他的話卻只覺得周身寒涼更甚。「我來之前已著人將其看住，若一個時辰內，我與素影真人未出現在中原境內，則我手下之人，將剖其內丹，剜其心，放其血，以其屍身示與天下。」

他話音一落，青丘眾位王爺皆是一默，氣氛有幾分躁動，有人望向儲君，有人則看向青丘國主。

就這樣放素影走，沒有人會甘心，可弦歌性命著實被捏在對方手裡……

凌霄說完這話，扶了素影，未再多開口說一句，轉身便又馭劍要走。

雁回終是未忍住激動心緒，衝口而出：「以青丘九尾狐重血緣親情相要脅，這便是你凌霄真人所謂的仙道正義？」

聽聞雁回此言，凌霄身形微頓。

素影眸光一轉，輕輕瞥了凌霄一眼，卻見凌霄神色未有半分波動，連看也未看雁回一眼，馭劍已起，騰在了空中。見兩人要走，雁回牙關一緊，那方青丘王爺們還沒攔，素影卻自己擺了下手，讓凌霄停了下來。

「慢著。」她回身，看著青丘國主。「我欲以你九尾狐妖弦歌一命換取被擄來青丘的陸慕生，青丘國主應是不應？」

場面一時沉默，眾王爺雖是心頭激憤非常，卻沒人敢衝動出言，全部在靜待青丘國主開口。

此情此景別說九尾狐一族的人，便是雁回也有幾分暗恨與不甘。

許久之後，空中終是傳來青丘國主的聲音：「三日後，三重山前換人。」言下之意，便是放任他們今日離開，隨後還要將陸慕生交給素影，以換取弦歌生機。

素影點頭，再沒說別的話，這才隨凌霄馭劍而去。他們身形漸遠，只在空中劃出一道漸漸消失的光芒。

儲君在青丘國主面前一跪，面色極是沉痛愧疚：「兒臣有罪！令青丘蒙羞！」

青丘國主望了下方冷泉一眼，手一揮，冷泉之處被妖力撞擊摧折的草木便枯木逢春一般，又從地裡長出了新芽，樹枝也以驚人的速度重新長了起來，冷泉之水光華瀲灩，好似剛才那劇烈的衝突根本沒有發生過一樣。

「什麼也抵不過我九尾一族的血脈。」青丘國主聲音淺淡，對儲君並沒有絲毫責備，身影便消失在夜空之中。

緊接著幾位王爺簡單問過天曜與雁回，便相繼離開。

天曜這才抱著雁回，重新落在冷泉邊。

雁回垂頭靜靜站了許久，在天曜以為她會沉默著不再說話之時，雁回倏地一聲乾笑，又冷又澀：「天曜，你知道我以前有多麼仰慕凌霄嗎……他是我在千千萬萬人當中能看見的唯一。」

天曜聽得這話，毫無防備地，只覺心頭一緊。分明沒有任何攻擊，但那抽搐的地方卻一直有隱痛傳來，隨著一聲聲心跳，撞擊他的胸膛，刺痛他胸腔的每一個角落。

他沉默地聽著，隱忍著這樣的疼痛，一如他以前隱忍過的所有疼痛一樣，按下不發，像是毫無所覺。

「在大師兄遭受那般痛苦也要護著我的時候，我幾乎是跪在地上渴求，希望他能來救救大師兄，救救我，救救我心裡對他僅剩的那幾分期待，然而他沒來。」

「可今天，他不遠千里而來，不計手段地救走了素影……」雁回冷笑。「天曜，原來我曾經仰慕的人，竟然可以讓我失望到這個分上。」

天曜看著垂著頭的雁回，手臂不由自主地抬了起來，他輕輕挨到雁回的後背，雁回的頭便抵在他肩頭之上。

「妳不要再仰慕他了。」天曜道：「甚至不要回憶仰慕過他這件事。」

雁回苦笑：「那是我過去十年幾乎全部的回憶，你要我怎麼不想起？」

「以後妳生命裡還有許多的十年。」

雁回搖頭：「可都不會再有那樣一個人了。」

「有我。」

衝口而出的兩個字驚愕了兩個人。

雁回抬頭望向天曜，只見天曜雙目睜大，像是被他自己說的話嚇到了一樣。而在天曜的黑瞳之中，雁回看見自己的表情，也是那般錯愕。

「天曜……」雁回微微往後退一步。「你……」

眸中的慌亂不過出現了一瞬，天曜便立即鎮定下來，沉著道：「由我來給妳找。由我來教妳，如何忘掉過去十年的記憶。」

雁回怔愣的眼神便平和下來，她眨著眼睛看了天曜許久，心頭本不太舒爽的情緒霎時便紓解了許多，拍了拍天曜的肩膀：「好，我看你現在撞見素影也沒有以前那麼大的恨意了，想來對於放寬心這件事，你還是有點自己的門道的。那這事便也算在你幫我治癒我的傷口的療程裡面。」

雁回笑了笑：「鬧了這麼大一通，先回去睡了吧。」她轉身離開。

天曜在雁回身後默默看了許久，不知為何，此刻卻忽然有一種沮喪得想嘆氣的衝動……

素影夜襲青丘的消息很快便傳得天下皆知，雁回醒來的時候，燭離府裡的小妖已經就昨夜的事情竊竊私語傳出了好幾個版本。

其中不乏辰星山的凌霄愛慕素影真人多年，見素影真人落難捨身來救的言語。雁回聽了只默不作聲地吃著嘴裡的東西。

睡了一晚，雁回冷靜之後心裡也想得明白，凌霄來救素影真人其實並沒有什麼過錯，他以弦歌的生命相要脅，那是因為在他眼裡弦歌是妖，是與他敵對之人，而素影是整個修仙界的象徵，為了救素影的命，他這樣做自是無可厚非。

雁回昨天之所以那麼接受不了，一則是因為弦歌是她這些年為數不多的摯友，凌霄要殺弦歌，她自是氣憤非常。二則，是因為失望……

失望於凌霄趕得及來救素影，而當時卻沒來得及回辰星山救下大師兄。

她這是遷怒，雁回知道，她能理智地分析自己的情緒，但卻控制不住地遷怒於凌霄。

心裡正想著，雁回一口吃進嘴裡的東西卻有奇異的觸感，口中一熱，一句話倏地在她腦海裡浮現：鳳千朔於東南三里密林處請姑娘一敘。

雁回眉梢一挑，這竟是鳳千朔傳來的消息。他在青丘竟然也安插了死忠的探子，在這種情況下也能給她傳信！這七絕堂當真是不簡單。

但雁回轉念一想，鳳千朔是凌霄一手扶持起來的，他幫凌霄做事，凌霄這些年來，不知也掌握了多少江湖消息。這次見她……雁回一垂眸，回憶起先前聽幻小煙說，鳳千朔在中原以為弦歌死了，抱著她的「屍身」瘋瘋癲癲不讓人碰。那他這次前來……

雁回將筷子一放，起身便出門去，剛踏出門便碰見了天曜。

他看雁回一副要出門而且不打算叫上他的樣子，眉眼微微一動：「今日不修煉功法？」

雁回眼珠子一轉：「今天要去冷泉沐浴，我打算先調理一下身體，你別跟來了。」雁回說完就走，也沒看天曜一眼。

天曜瞥了她背影一眼道：「嘴裡法術的氣息尚未完全消散呢，路上別與他人說話。」

「嘖！」雁回一回頭，只得撇嘴道：「跟著吧，別被發現啊。」

這次見雁回扭頭離開，天曜便在她身後輕輕勾了嘴角。

是啊，他就是想跟著她。

行至鳳千朔說的地方，雁回站定，不消片刻，前方粗壯樹木背後便出來一個穿著斗篷的男子。見了雁回，他嘴角習慣性地一勾，只是現在的笑容相比於之前的風情萬種，少了幾分風輕雲淡，多了幾分憂慮沉重。

「雁姑娘，多日不見，別來無恙？」

「有恙，已經好了。」雁回簡短地應答了一聲便直奔主題：「直說吧，你所來為何事？」

鳳千朔眉眼一沉：「為弦歌之事。」

雁回一聽，背脊更加挺直了些許。

「素影與九尾狐的約定我已知曉，三日之後，弦歌會與陸慕生交換，回到青丘，彼時我想讓雁姑娘幫我一個忙。」鳳千朔道：「姑娘肯是不肯？」

「你先說，要我幫什麼忙？」

「我想讓弦歌回到中原，在我的庇護之下度過餘生。」

雁回一聽，沉默了片刻，捏著下巴一邊沉思一邊道：「鳳堂主，我不妨與你直說，在天香坊一事當中，你是幫過我的忙，對我來說也算有恩，但比起弦歌，你並不是我的朋友。我是弦歌的朋友，考慮事情自然是站在她的角度上。三日後弦歌與陸慕生交換，回到青丘，這對弦歌來說，好像並沒有什麼壞處。而你讓我三日後幫你，把弦歌交到你的手裡，讓她回到你七絕門中，這對弦歌來說，似乎也並沒有什麼好處。」雁回盯著鳳千朔。「還請鳳堂主告訴我一下，我為何要幫你？」

「因為弦歌，已經做過背叛青丘九尾狐一族之事。」鳳千朔眸中寒光凝結成一柄劍，讓人望而竟有幾分生寒。「再回青丘，於她而言，絕無好下場。」

雁回聞言愣然了許久：「弦歌……」她急得上前一步。「弦歌何時行了背叛青丘之事？」

「九尾狐公主雲曦在中原失蹤，隨即被素影殺害，此消息七絕堂早已知曉，而九尾狐燭離入中原尋找雲曦之事，七絕堂也接到了消息。忘語樓乃是我七絕堂之中最重要的情報機構之一，弦歌身為忘語樓的掌門人，除了我身上的消息，其他事情，盡數經過弦歌之手，這樣的事情她不會不知道。」

「弦歌若不是九尾狐一族之人，這樣的事情知而隱瞞，不將其公之於眾，以免拂了修道者的面子，這自是無可厚非，然而弦歌生為九尾狐妖，極重血緣的她卻沒有將此消息傳回青丘，甚至在燭離與他老僕去七絕堂門下查找消息之後，也未曾將雲曦的事情透露半分。」

隨著鳳千朔的話，雁回的雙眸越睜越大。

是的，她怎麼想漏了這一層。

當初她與天曜遇到燭離的時候，燭離可不就是在那靠近邊境的小鎮七絕堂門裡查找消息嗎？弦歌隱而不報，雖然彼時雲曦已經被素影所害，性命救不回來，但至少可以將這個消息早些傳回青丘讓眾妖知曉啊。

她卻什麼都沒做……

為什麼……

雁回望向鳳千朔，忽地明白了。弦歌原來竟那麼愛鳳千朔嗎？竟為了可以多在他身邊待一段時間，敢悖逆自己的身分，將這樣驚世的消息掩蓋下來。

若不是雲曦公主之死被捅了出來，青丘與修道界之間便不會那麼快變成這樣勢不兩立的局面，至少表面上，還是可以保持和平。弦歌也不會被儲君以數道急令召回……

弦歌她……

看著雁回怔愣不言，鳳千朔眸中光芒微微暗淡，他垂下眼眸：「想來不必我多說，妳也知道弦歌做的事意味著什麼。」
對，雁回知道，這意味著，弦歌愛上了一個幫修道者做事的凡人，並且隱瞞了與自己有血緣關係的姑姑的死。
她背叛了青丘，背叛了九尾狐一族。
血緣的背叛，這或許是九尾狐一族最不能忍受的事了吧。
「這下妳還能說，留在青丘，對弦歌沒什麼壞處嗎？」鳳千朔道：「若青丘之人都是傻子，此事他們不知曉，待在青丘自是對弦歌沒有壞處。但雁姑娘，妳可知，這次素影邁過三重山突襲妖族邊境，為何九尾狐一族派了兩個王爺與弦歌一同上前線戰場？青丘護犢，小狐妖皆是在青丘國主的庇護之下長大的，妳可聽說過青丘國的世子與郡主，誰被派去了要面對素影這樣的仙人的地方？」
雁回愣神搖頭。
「沒有。」鳳千朔聲色一寒。「九尾狐妖們對弦歌生疑了。更別說此次青丘國主為了換回弦歌，竟放走了重重包圍內的素影與凌霄……」
難怪！
難怪那日弦歌的接風宴上氣氛那麼奇怪，難怪弦歌回青丘之後，在別人忙得腳打後腦杓的時候，她卻無所事事。難怪昨天素影與凌霄走了之後，儲君會那般沉痛地與青丘國主說「兒臣有罪」。
青丘所有的王爺都將弦歌當作了叛徒，青丘國主為了換回一個「叛徒」，竟丟失了斬殺兩個修仙界執牛耳般人物的機會！

雁回驚駭難言，此時將這些小得不能再小的細節連起來，才明白過來，原來這一切，竟有這樣的原因藏在背後。

「雁姑娘，妳若是弦歌的朋友，便該在這種時候出手幫幫她，不能讓她再回青丘了。再回來，即便留一條命，她後半生，可能安好？」

雁回沉默了許久，終是咬了咬牙：「你呢？讓弦歌與你回去，你可能讓弦歌後半生安好？」

鳳千朔盯著雁回看了片刻，倏地一笑：「雁姑娘可知我此生最討厭何事？」

「弦歌與我說過，你最討厭背叛。」

「是啊，然而，在得知弦歌是九尾狐妖，她是青丘派來潛伏在中原的探子的時候，我心裡卻是那般欣喜若狂。她還活著，對我來說便是最好的消息。」

雁回默了一瞬：「你若截走弦歌，素影不會放過你，青丘亦不會放過你，你又能如何在之後的日子裡護弦歌安好？」

鳳千朔眸中精光一閃而過：「這便需要雁姑娘的幫助了。言盡於此，雁姑娘，現在可願在兩日後，助我一臂之力？」

雁回盯著他：「你會把你那一百房小妾給清理妥當嗎？」

鳳千朔失笑：「那不過是這些年來，為了在我那已死的叔父眼皮子底下發展勢力而鋪下的棋子。」

聽得此話，雁回基本已經答應了，她頭點了一半，倏地又想到一事：「要我救弦歌我自是願意，不過，現在是你來求我，我要你再答應我一事，兩日後我才盡心盡力幫你的忙。」

「哦？」鳳千朔挑眉。「雁姑娘不妨直言。」

「我知道你在幫凌霄做事。」雁回道：「他到底在謀劃什麼？你可否告訴我？」

鳳千朔眸色微微深了一瞬：「此事……說來話長。」他頓了頓。「若是弦歌安然入了我府，彼時，必定將我鳳千朔所知道的事，前前後後細書而來，交與雁姑娘。」

「好，一言為定。」

「駟馬難追。」

秋日涼意已隨秋風入體。

至青丘與素影約定之日，三重山前，在五十年前被法力撕裂的巨大深淵之上，仙力與妖力分別鋪就了兩條道路。仙、妖兩道分立三重山兩邊。

雁回與天曜站在妖族眾人之中，陸慕生已經被儲君領著站在了前端。素影與凌霄站在對面，見了陸慕生，素影才揮了揮手，身後眾仙讓開一條道路，被層層枷鎖束縛住的弦歌這才被帶了出來。

她雙手被反縛住，腳上也戴著沉重的鐵鍊，鐵鍊之上封印之力隨著她每一次邁步而閃爍。

見她如此，妖族中人不時發出憤憤不平之聲，弦歌再有不是，可身分還是妖族的郡主，而今卻被修道者們以這樣囚禁的模樣帶出，實在讓人不得不氣憤。

「廣寒門素影。」儲君揚聲道：「妳所要之人在此，還不速速將弦歌身上枷鎖拆去？」儲君說著拉著陸慕生往前走了一步。素影見狀，眸光微動，隨即手間光華一轉，只見弦歌腳上的鐵鍊登時便沒了封印法術的光華流轉。

「換人吧。」素影揚聲道。

於是九尾狐儲君便對陸慕生道：「去吧。」

陸慕生默不作聲地向著仙力架好的橋上走去，他垂著眉眼，讓人看不清神色表情。

弦歌也同時向著妖族的橋上走來，兩人同時踏到橋的中間。然而便在所有人的目光都集中於此的時候，誰都沒有注意到在素影的身後有一個女修仙者，其手中法力悄悄凝聚。

她在人群的背後，倏地動手，一記法力猛地擊打在弦歌腳下的妖力之橋上。

那橋便應聲一抖，弦歌身形一個踉蹌，險些摔倒在橋上。

素影眸光一凜，向身後眾多修仙者望去，而妖族這方雁回見狀則大聲喝斥道：「廣寒門素影竟然想出爾反爾！」妖族見弦歌摔倒，本是大驚，又聽得雁回這般一喊，本就對修道者們憤恨至極的妖怪登時便吵鬧翻天。

雁回冷哼：「想要換人卻又不想放人，世間哪有這般輕鬆的事！」她身形一動，催動身體中的妖力，飛身上前便要去將陸慕生抓回來。

那方素影本是想將偷襲弦歌之人立即抓出，可見雁回這動作當即眉目一涼，話也未曾來得及說，劈手對雁回便是一陣仙力殺來。

雁回是無法抵擋素影的仙力的，她也沒有抵擋，只拚死上前將陸慕生抓住，往回一拖。與此同時，深淵之下的岩漿不知在誰的法力催動之下猛地燒了起來。「轟」的一聲，灼熱的岩漿撞斷了仙力鑄就而成的橋，同時幫雁回擋住了素影甩來的這記殺氣。

雁回看也沒看這情勢一眼，只埋頭拽著陸慕生便往青丘這方跑。她不用飛，不用法術，只用腳帶著陸慕生踉踉蹌蹌地跑著，好似是被素影方才那一擊擊中了身體，受了傷，使不出法力一樣。

素影見陸慕生被雁回帶走，哪肯放過，當即飛身前來便要抓雁回。

天曜同時出手，在空中與素影短暫交接。素影恨得咬牙切齒：「妖龍休亂我事！」天曜聞言只冷冷一笑：「亂的便是妳的事。」

素影面色憤恨，可一擊之下卻未拿得了天曜。

雁回向著妖族儲君大喊：「快將弦歌帶回來！」

不等她聲音落下，妖族儲君已經出手。而這方素影在與天曜短暫相抗之後，見儲君出手，回頭一聲喝斥：「凌霄！」

也不用素影吩咐，凌霄早便看出其中門道，欲將弦歌重新捉回。

此時兩方人物交上了手，下方那些積攢了多年怨恨的妖怪更是按捺不住常年在修道者那裡受的憋屈氣，一聲震天怒吼之後，妖族之人猛地撲向三重山的另外一邊，仙人們被迫應戰。

兩方登時交戰亂成一團。

而在這一片混亂當中，摔倒在地的弦歌在掙扎著要起身之際，旁邊倏地伸來一隻胳膊，近乎強勢地將弦歌的腰摟住。

弦歌驚駭，但下一瞬間便認出了這手臂的主人是誰。她幾乎不敢置信地轉頭一看，來者穿著黑色的大袍子，寬大的帽子將整個臉都遮擋住了，他一身氣息混雜，一會兒似妖一會兒似仙。

戰鬥中的所有人不管是仙是妖，都無法在這混亂的情況中辨別出來者是誰。

弦歌望著他聲色沙啞，似乎將所有的哭泣都壓抑在了喉頭：「你……」

「我來救妳。」

一句話，四個字，那麼簡潔，卻輕而易舉讓弦歌紅了眼眶。

混亂的戰場之中兩人並沒溫存多久，凌霄冷著面色一記仙力朝弦歌打去，而仙力在靠近弦歌之時卻被一記妖力撞破。

九尾狐儲君立在弦歌身前，他寬厚的背脊擋在弦歌身前，在戰場紛雜的嘶喊之中，他一聲沉重的「走」字是那麼低沉，讓人幾乎聽不見。

弦歌轉頭一望，但見這個從小護著自己長大的父親，站在她的身前，在紛亂的戰場之中像從前一樣，給她最安全的依靠。

弦歌張了張嘴，喊出口的「父親」二字是從來未有的沉痛。

可並沒有任由弦歌將這個寬厚的背影看許久，鳳千朔將弦歌一把打橫抱起，斗篷裹住弦歌，霎時便在這戰場之中消失了蹤影，去向不知哪裡的遠方。

九尾一族的儲君一眼也沒有看背後，只是握著大刀的手漸漸收緊，因為他知道，這個女兒從此恐怕是山長水遠，此生再難相見了。

凌霄一記法力打了過來，儲君大刀一揮，輕而易舉扛住，青丘國儲君冷笑：「辰星山現在的掌舵者，實力便是如此？你為修道界賣力，也賣得不是那麼全心全意嘛！」

聽儲君說完這話，凌霄眸光微微一斜，往旁邊一瞥，看見了帶著陸慕生在戰亂之中東躲西藏、奮力避開素影的雁回。他掌心微微一緊，隨即強迫自己挪開目光，望著儲君冷哼一聲道：

「青丘國九尾狐一族的儲君，對背叛自己族人的女兒，也很是心軟嘛。」

儲君眸光一凝，一聲低喝，便又向凌霄斬殺而來。兩人再次戰成一團，只是這次凌霄且戰且退，慢慢往雁回的方向靠近……

即便隔著這麼遠，凌霄也看得出來，雁回施展的那些妖術心法，他雖有七分陌生，但其他三分他一看便知，那必定是妖龍教她的，雖淡，他也能明顯地感覺到。

而他能感覺到，素影也必定……

他心裡這想法還未完全落地，那方與天曜爭鬥的素影卻看著天曜一聲冷哼：「我道你如今為何孱弱至此，原來是竟還未將內丹取回嘛，為何？是藉此女養丹？」

她這話說得聲音不小，雁回在地上護著陸慕生往青丘深處逃，也聽見了這句話。雁回聞言身形不由得一頓，向空中看去，只見得天曜好似為素影的這句話動了怒。

他手中法印一動，身後三重山下深淵之中的岩漿應聲而起，凝結成一條火龍逕直衝素影而來。

素影一聲冷哼：「沒有內丹也妄想與我相鬥！」她話音一落，只聽得空中幾聲清脆的響聲，天曜喚來的熔岩之龍霎時被凍結成冰，在空中便破碎了簌簌落下。

眼見素影法力一動便要朝天曜下殺手，與此同時，雁回聽見凌霄那方傳來一聲法力撞擊的巨響。她目光往那方一瞥，卻沒見弦歌的身影，雁回知道鳳千朔已成功將弦歌帶走了。

弦歌不在，雁回立即心生一計，她對陸慕生道了一聲得罪，立時手中抽出匕首比劃在陸慕生的脖子上，在樹林中站定。「素影！」雁回大喝。「妳再敢動手，我便要了這書生性命。」

此言一出，素影果然身形一頓，往下一看，雁回的匕首已經輕輕割破了陸慕生的脖子，鮮紅的血順著陸慕生的頸項流下，染紅了他的衣襟。

見到這個場景，素影不知為何卻是身形一顫，停住了手。

雁回道：「妳說他是妳愛人的轉世，妳找他找得很辛苦吧？」雁回一笑。「不知道這次我殺了他，下個二十年，妳還有沒有運氣能找到這個人的轉世。」

素影手心微微一顫。

「離開青丘。」雁回道：「今日的事便當沒有發生過。否則……」雁回撇了撇嘴，好似很無所謂地將陸慕生脖子上的傷口拉得更開了一些。「妳就幫他收屍吧。」

素影眸色猛地陰沉了下去，她牙齒咬得死緊。

在空中沉默了許久之後：「我退。」素影道：「不要傷害他。」

她說完，卻沒想到引起了陸慕生的一聲冷笑，他望著空中的素影，神色極盡諷刺。素影只當沒看見他這個神色，默默往後退。

眼看著身影便要離開青丘國境。

雁回心下剛鬆一口氣。

握住匕首的手微微一放鬆，便在這電光石火之間，雁回所站的腳底下忽然冰雪法陣大作。雁回一愣，只聽得空中天曜帶著驚慌的一聲：「躲開！」

陸慕生此時卻猛地反應過來，逕直拿他自己的脖子去撞雁回的刀刃。

雁回來不及往回撤，眼看著陸慕生脖子上的刀口便要切破他的氣管，斜刺裡倏地伸出一隻手來，將雁回的匕首生生握住，鮮血自那掌心中流出，落在地上。

戰鬥至今無人可傷的素影，竟在這時為了救陸慕生，被雁回的匕首割破了手掌。

「你又想自尋短見嗎？」素影道：「不要用傷害你自己的方式傷害我。」

陸慕生冷諷：「只要能讓妳受傷，我什麼方式都願意。」

素影脣角一動，神色似有哀痛。

雁回看著近在咫尺的素影，怔然之間，聽見旁邊有猛烈撞擊的聲音傳來。她往旁邊一看，卻見遇事淡然的天曜在以法力蠻橫地撞擊著素影法陣的邊緣——那攔住他靠近雁回的邊緣。

冰雪法陣倏地光芒大作，雁回整個人霎時陷入其中。

陣外的天曜愕然驚慌的神情也隨之消失……

第十九章 生死陣法

雁回醒來的時候，已是深夜。空氣中若有似無的氣息讓雁回感到幾分熟悉，這是……辰星山的氣息……

雁回睜開眼，看見透過樹影的星空，她感覺餘光處有火光，轉頭一看，但見素影正半跪在地，手掌捂在橫躺在地的陸慕生脖子上，層層寒霜之氣自她指縫中溢出，想來是在給陸慕生療傷。

昏迷之前的事情在腦海裡漸漸清晰，她掙扎著要起身，卻發現自己渾身不知被什麼力量束縛著，連動動手指頭都十分困難。

雁回探到自己體內內息修為還在，只是完全無法調用。她知道，必定是素影給她施加了什麼封印，而她註定是解不開的。認清了現實，雁回倒也很快就坦然接受了，左右素影沒趁她昏迷的時候要她性命，那現在這一時半會兒也不會殺她。

她開始思考素影現在到底要做什麼，她帶自己和陸慕生一起走，此處有辰星山的氣息，想來是衝著辰星山來的。此處離辰星山不過幾十里的路程，那為什麼不直接趕到辰星山而要在這半路當中停下來呢？

雁回又往陸慕生那方看了看，霎時便明白了。陸慕生此時緊閉雙眼，額上冷汗不斷，映著火光，雙脣泛白，一臉土色。看來，是陸慕生的身體出了毛病。

雁回記得當時她只是給陸慕生割了個皮外傷，讓他流了點血，雖然之後陸慕生自己撞上刀刃的那力道不弱，但最後到底是被素影給止住了。

凡人的身體……本就是這麼容易毀壞的脆弱東西。

「慕生？」只聽素影道：「身體可還有哪裡難受？」

陸慕生迷迷糊糊地睜眼，看了眼四周，但見素影的手正放在他脖子上。他抬了抬手，推著素影的胳膊，即便那麼綿軟無力，也依舊想擋開她：「滾。」

素影眼眸微垂，好似沒聽見陸慕生的話一樣：「你該一直穿著我給你的披風，雖不能護你受傷，但至少能幫你抵禦病魔。」

雁回聞言，想著那一件披風的由來，心下微微一痛，面上卻是一聲冷笑：「素影真人慷他人之慨倒是大方，只可惜那披風永遠也不可能再穿在他的身上。」

素影一門心思撲在陸慕生身上，並未注意到身後雁回已醒，此時雁回發聲，她眸光才冷冷地往後一瞥。

雁回接著道：「天曜既然找回了他的龍鱗，那龍鱗便不會再落在妳手上。」

素影望了雁回一眼：「我會讓他再交出來。」

雁回瞇了眼睛，聲色一厲：「妳休想再害天曜一次。」

以前是天曜被素影所迷，而這一次，雁回心想，她會護著天曜，一定會將他護得好好的。

好似聽出雁回語言背後深藏於心的情緒，素影回頭，盯著雁回，眼睛一瞇，一聲冷笑：「對妖龍動了真心，倒是好笑。」

陸慕生現在雖在迷糊中，但兩人的對話他卻聽在耳中，心裡清楚，他拽住素影的手：「那披風……也是……妳搶來的？是那龍的……鱗？」

即便被陸慕生這樣質問，素影也只是淡淡道：「那不過是隻妖怪。剝他鱗為你續命，何錯之有？」

這樣淡漠的語調聽得雁回心口一緊，緊接著一股怒火由胸中燒起，可還沒由得她說話，那方好似垂死邊緣的陸慕生猛地站了起來，大聲喝道：「妖又如何！」他狠狠推了素影一把。「妳給我滾！我不希罕妳這高高在上的仙人來救！」語罷，他再也控制不住自己的身體，重重地摔在了地上。

素影雖未被陸慕生推動，但臉色好似被陸慕生打了一個巴掌一樣難看。

「我是雲曦的夫……」陸慕生倒在地上，眼神渙散，像是在喃喃自語般說著：「我也是妖族的人。」

素影就這樣靜靜地看著他，靜靜地聽他說：「妳殺了我吧，我也是妖。」

素影默了許久，在雁回以為她不會再說話的時候，素影卻伸出了手，去觸碰陸慕生的頸項，她聲色有幾分沙啞：「你病了，別這麼說話。」

陸慕生已經無法再挪動手臂，但是他卻側過了臉躲開素影的觸碰，那對素影發自內心的厭惡不加掩飾地出現在他的臉上。

素影的手終於僵在了空中，最後默默收了回去，沒有再說話。

夜靜了下來。

陸慕生的氣息雖然依舊急促但漸漸開始變得規律，想來是睡著了，雁回瞅著這架勢，今晚估計是不會挪地方了。她只閒來瞥了素影背影一眼，便也閉上了眼睛兀自睡去。

雁回一點也不覺得被這樣辜負心意的素影可憐，她只覺得她這是咎由自取。

翌日清晨，雁回醒了，睜眼的時候正巧看見陸慕生坐了起來，他的傷好似已經好了，其中恐怕不少是素影法力的功勞。他動了動手指，然後一抬頭，望向另一方倚樹而眠的素影。

他看了素影許久，不知在想什麼，隨即便站了起來。

雁回眨巴了一下眼，身體依舊動不了，她不知道陸慕生要做什麼，但見他驀地快步走到素影跟前。雁回張了張嘴，還沒說話，陸慕生便已經一把抽出了素影放在身側的寒劍。

他要做什麼若是雁回現在都還看不出來，那她這輩子便是白活了。同樣地，若是素影被人拔了劍還未醒，她這輩子大概也是白活了。而她現在還閉著眼睡著，唯一的可能便是她在裝睡，她想知道陸慕生要在她睡著的時候做什麼……

幾乎是毫不猶豫地，陸慕生牙一咬，以他這書生的綿弱之力，一劍捅進了素影的心房。

「噗」的一聲，鮮血流出，染得素影胸膛一片鮮紅。

見自己一劍刺中，陸慕生眼眸一亮。他將劍往裡面更用力地推了一下，這一下，讓素影身形微微顫了一下，她睜開了眼睛，眸中清亮，但眼底深處卻是讓人望不盡的傷痛。

陸慕生愣神。

素影苦笑：「你是不是在驚訝，為什麼我的血竟然還會是紅的。」她道：「在你看來，我的心該是黑色的對吧？」

陸慕生一咬牙，猛地將劍拔了出來，素影牙關緊咬，像是痛到極致一樣。見素影只是坐在地上並未有其他舉動，陸慕生一轉身便要來攙扶躺在地上動彈不得的雁回：

「雁姑娘，我傷了她，我帶妳走。」

雁回沒有應聲，因為她知道，要逃離素影哪有那麼簡單。這個世上大概也只有陸慕生才能這麼輕而易舉地將劍送入素影的胸膛，拔出，然後全身而退。

「你便如此想逃離我！」素影再也忍耐不住了，她聲音驀地高了起來，音色尖厲，恍似能刺破人的耳膜：「你曾說願與我歲月共白頭，你曾在你掌心寫下過我的名字，你說要永遠握在手裡記在心裡！」

素影說得哀戚，而陸慕生面無表情，雁回更是在一旁沒忍住脫口而出一句：「這書生前世做的這些愛戀中的酸臭味舉動怎麼如此俗氣……」

素影此時完全陷入自己的世界當中，她站起身猛地撲上前來拽住陸慕生，連聲問他：「你都忘了嗎？你都忘了嗎？你曾與我許下那般多的海誓山盟，你曾說會用生命的所有餘韻記住我，可你……」素影聲色哽咽，她捂著流血的傷口，像是在乞求一樣。「你怎麼會變成這樣？你怎麼就不能像以前那般對我？」

陸慕生連眼神也沒有落到素影身上：「我不是妳喜歡的那個人，也不是喜歡妳的人。」

雁回補了一句：「妳說的那個人已經死了。」

「胡說！」這句話像是素影心裡的那根刺。「給我閉嘴！」她手一揮，一股巨大的法力登時壓在雁回的身上，雁回一時覺得胸悶氣短再難呼吸，無法開口說話。

而陸慕生卻依舊淡漠道：「她說得沒錯。」陸慕生一字一頓道：「妳說的那個人，那個將軍，已經在戰場上被人斬了首級。」

聞得此言，即便胸悶難言，雁回也是一怔。

江湖上人們只知曉素影之前愛上了一個凡人，而那凡人最終老死了，卻沒想到那人竟然……是在戰場上被斬了首級嗎……那既然死得這般乾脆，素影還來騙天曜，要他的龍鱗做鎧甲做什麼……

雁回還未想明白，又聽陸慕生道：「二十年前在妳離開廣寒門行蹤未定之時，那人便在戰場上被人殺死了。」

二十年前……行蹤未定……雁回一琢磨，恍悟，難不成，那段時間正巧是素影在騙取天曜信任的時候？所以正在素影一心騙取天曜龍鱗，為那個將軍做一身龍鱗鎧甲的時候，他卻在那段時間裡被人斬了首級嗎？

想來也是，若是有素影護著，哪個凡人能殺得了她要護的人。

可這造化……偏生如此弄人。

雁回心下正想著，那邊素影卻是目光亮亮地望著陸慕生：「前世的事，你可是有想起來？我為你尋的靈珠，可是有讓你回憶起前世的事來？」

陸慕生眉頭一蹙：「不過偶爾有幾個夢境而已……」

素影以手覆蓋自己的心口，止住了血，她神色好似微微有些鎮定了下來：「你現在會這樣對我，不過是沒想起以前的事而已。」她道：「待你想起來了，便會好了。」

素影恢復了情緒：「我們去辰星山吧。」

素影帶著雁回與陸慕生入了辰星山，走過辰星山山門，雁回本以為自己會五味雜陳，但在路過的時候才發現，其實也並沒有什麼更多的懷念了。

她對這裡，已經沒什麼多餘想法了。

辰星山有弟子前來與素影接洽，幾人正說著，雁回身邊的陸慕生倏地問了她一句：「素影之前，為了我可是對天曜做過許多傷天害理之事？」

雁回默了一瞬：「何止傷天害理。」她這一句話半似回答半似感慨。「可與你沒甚關係。她將天曜分屍封印於四方，只為給那前世將軍做一副保他長生不死的龍鱗鎧甲。」

陸慕生的唇倏地抿緊，神色陡然一寒，還未來得及說別的話，前面的素影已吩咐人到後面來將雁回帶去地牢之中，而陸慕生則被領去了其他地方。

雁回往後一看，素影跟在她身後走著，面色是一如既往地清冷淡漠。

心宿峰地牢內，雁回被關進牢籠，吊起了雙手掛在半空中。

素影入了牢籠之中，揮手屏退了辰星山的弟子們。牢籠之中一片黑暗，唯有雁回背後牆壁上的小鐵窗透露了幾許光芒出來。光芒將雁回的影子拉長，素影一步踏在雁回的影子上。

雁回一笑：「素影真人這是要動用私刑？」

素影面無表情：「妳讓妖龍獲得重生，害死素娥，背叛修仙界，這些罪名已夠妳死一萬次，對妳做什麼都算不得私刑。」

「天曜本該是現在的模樣，修仙界也應當被背叛，而妳妹妹凌霏真人也該死至極，我做的事件件合情合理，憑什麼妳說我該死，我便該死？」

「即便沒有上面任何原因，心懷妖龍護心鱗與內丹，妳就該死。二十年前妳便是將死之人，這條命是妳偷得的，是時候還回去了。」

沒等雁回開口，素影手中光華一轉，一柄由寒冰凝成的匕首出現在她的手中。她靠近雁回，匕首之刃比在雁回心口之上。

雁回面色未改，聲色沉著：「妳如今剖了護心鱗也湊不齊龍鱗鎧甲了。」

她話音未落，素影便是一笑：「妳不用與我說這麼多拖延時間。」她道：「妳以為妖龍會趕來救妳嗎？他在妳身上種下的那一點追蹤術早就被我抹去，沒人知道妳被我帶來了辰星山。」

聽得這話，雁回心頭一沉。

「而且，即便不為護心鱗，妳心頭那顆內丹我也絕不會將它留給妳……」

「咚！」一聲沉重的悶響，地牢之中倏地湧進新鮮的空氣。素影眉頭一蹙，也未回頭看一眼，手中匕首就著雁回的心口扎下。

刃口入心之前，被一道力量猛地握住。

同樣是冰雪寒氣，擋在了雁回面前。

來人推開刃尖刀口，斬斷雁回手上枷鎖，將她抱在了懷中。

這個帶著清霜之意的懷抱，雁回已有許久未曾感受到。來者將她緊緊抱在胸口，貼著他的胸膛，不讓任何人靠近。

雁回聽著素影在她身後質問著：「凌霄你為了此女，可是要不顧大計？」

凌霄並沒有回答，只一揮手逕直對素影出手，法力在狹窄的地牢之中衝撞出巨大的聲音，雁回什麼都沒來得及看見，只覺瞬間之後，自己腳下冰雪法陣大作。

雁回感覺自己被越拉越遠，不知過了多久，周遭轉換的場景才慢慢靜止了下來。

抱著自己的人鬆開手，雁回退開兩步，這才看清周遭環境。陌生的草木溪流，不知是在這世間的哪一片隱祕樹林之中。在她的面前的是脣色微微泛白的凌霄，他望著雁回開口：「妳竟當真敢去洗髓，修煉妖族法術？」他聲音帶著幾分沙啞，然而聽在雁回耳朵裡只覺尖銳難聽，諷刺至極。

「不然呢？」雁回冷笑。「我該心甘情願地被你打了鞭子，然後變成一個廢人嗎？」

凌霄眸光微斂：「妖族法術修行過快……」

「所以凌霄道長是又要打我這大逆不道之人九九八十一鞭嗎？」雁回反問：「還是直接殺了我這個不肖之徒？」

凌霄轉開目光，不再看滿臉諷刺的雁回：「離開中原，也別去西南青丘，時至如今仙、妖兩族大戰在即，海外仙島與世無爭，妳便去那方避難吧。」

雁回聽了只覺不能理解：「凌霄道長，我如今與你卻是什麼關係，值得你來關心我這條苟活之命？」

凌霄薄脣微抿：「無甚關係，不過念在曾經師徒……」

「不了。」雁回道：「『曾經師徒』四字太重，雁回擔當不起。你還是忘了過去十年之事，你要我做緊要關頭逃命之人，雁回也不會做，便當你沒說過此話。在青丘之國，還有我要護的人，我願與他共對接下來的任何血雨腥風及所有艱險苦難。」

凌霄聽得雁回此言，垂下的眼眸倏地一抬：「海外仙島妳必須去。」

「呵……」雁回一時竟沒止住自己脫口而出的冷笑。「荒謬，我為何必須去？因為你的命令？」

凌霄沉著眼眸沒再說話，手中卻已經凝聚起了仙力，雁回見凌霄竟是說不通要開始直接動手了！她愣了一瞬，想調集自己身體內的法力反抗，卻發現素影給她身體內下的封印還在，她一時之間完全無法使用法力。

「海外仙島便是我將妳綁了，妳也必須去。」凌霄伸手來抓她，雁回連連後退。凌霄踏步上前，步步緊逼。

雁回眉頭緊蹙：「我不願去什麼海外仙島，我對一人承諾過以後會護著他，我既說出了這樣的話，便沒打算食言。」雁回直勾勾地盯著凌霄。「不像以前的你那樣。」

明明說好了以後讓辰星山變成她的家，最後卻將她趕了出去；明明說了不讓她再受顛沛流離之苦，可現在看看，是他一手製造了她的顛沛流離。

凌霄聞言，面色一白，脣角有幾分輕微顫抖，許久之後他才道：「那妖龍天曜對妳並不如妳想像那般好。他做的一切只不過為了妳胸膛裡的他那顆內丹！」

「為了內丹又如何！」雁回直言反駁：「至少天曜比誰都在乎我，至少他現在沒想過要將這內丹拿回去。或許他也曾對我有所隱瞞、陰謀連連，想將我利用完畢之後像棋子一樣棄掉。但現在他什麼都沒對我做。」

雁回並不是看不清形勢的人，當初青丘國主在問天曜是否將身體收集完畢之時，或許便是看出來了，天曜的內丹並未找回。然而那時天曜說的是找回來了，那便是不打算再動雁回心裡的東西了。

「天曜如何對我，我自己心裡有數，不勞你凌霄真人操心。」雁回頓了頓。「倒是真人你，卻還會在乎自己的徒弟嗎？」

雁回望著凌霄止不住脣邊諷刺的笑：「事到如今，真人你做這舉動，卻又是為何？」

凌霄默了一瞬：「今日，妳必須與我走。」

他上前，腳下踏出一步便是一道法術，風雪貼著地面束縛住雁回的雙腳讓她再動彈不得。凌霄上前抓她，雁回無法躲避，當即想也沒想，一掌便擊在凌霄肩頭之上。

凌霄一聲悶哼。

身形一頓，雁回這才看見在他那身辰星山的白色衣物之下，竟然有紅色的血跡從內至外慢慢滲出。

是……方才帶她離開的時候被素影所傷嗎……

雁回手上動作一頓，忽聽一聲清脆的大喊自她手掌之間傳了出來：「主人莫要慌，我來帶妳走！」

伴隨著幻小煙的這一聲大喝，雁回只覺腳上一輕，凌霄束縛住她雙腳的法術破裂，而自己的身體變得輕盈了許多，她感覺自己被一股若有似無的力量纏繞著飛到了空中。漸漸地，她再也看不見樹林中那捂著肩頭尚未緩過神來的凌霄。

不知行了多遠的距離，幻小煙這才在雁回身邊探出了頭來，化為人形，領著雁回在空中飛：「老天爺，嚇死我了，這可真是一波三折起死回生啊！」

雁回沒心思去糾正她的用詞不準確，腦海裡紛紛雜雜想著凌霄的傷，然後轉頭問了幻小煙一句：「妳什麼時候跟著來的？」

「主人呀，妳這次活著可得虧了我呀。」幻小煙很驕傲地道：「上次妳和那妖龍天曜私底下悄悄去了廣寒門，後來不是差點變成屍體回來了嗎，後來我就留心看著妳啦。這次妳上戰場我就睡在戒指裡悄悄跟著妳，妳被素影抓了被凌霄抓了，我都一路跟隨，只是一直找不到時機將妳救出來而已。現在可好了，妳看我多聰明，只要稍微有一點點縫隙，我就能幫妳，妳不誇誇我嗎？」

雁回點頭：「要誇妳。」她道：「多虧有妳。」

要不然，她若是被凌霄帶去了什麼海外仙島，那得有多虧欠天曜才是……

雁回被幻小煙捲著一路倉皇趕回了青丘，過三重山時，幻小煙與燭離青丘的人取得聯繫，燭離派人來接，不日兩人便回到了青丘。

剛落地，燭離便上前來接，雁回只看了他一眼便問：「天曜呢？」

燭離面色一肅：「先前不知妳被素影擄去了何方，天曜心急，便尋去了廣寒山了……」

雁回聞言，只覺心口一涼。她被淩霄帶走，素影在辰星山既無事，而廣寒山先前被天曜所擾，想必百廢待興，有一大堆事情需要她這個掌門去處理，她必定會帶著陸慕生回廣寒山，若彼時天曜與素影撞上……

雁回心頭一緊：「我要去找天曜。」

燭離攔她：「妳那修為在素影面前算什麼，我爹與三皇叔已經找過去了。」

青丘動了兩位王爺，即便三王爺現在眼睛不便，但在功法修為上也有相當的造詣，有他們倆在，就算是鬥不過素影，但要將天曜帶回也還是一件可能的事。

怕就怕……在他們到達廣寒山之前，天曜便與素影撞上了……

而事實上，雁回的擔心成了真。天曜確實是在青丘的王爺們到之前便在廣寒山上撞上了素影，或說，他在素影回廣寒山的那一刻，便尋到了她。

一想到雁回可能在素影手上生死不明，天曜再也按捺不住。

雁回救了他那麼多次，為他做了那麼多事，可每次在雁回受苦之時，他好像都是趕不及，救不了，幫不到……

天曜立於風雪山頭之上，看見素影的白色仙光自天際邊緣劃來。他衣袖一揮，法力逕直撞上天上那道仙光，素影接招，禮尚往來地回了一記仙力。

而她的身影也自空中落下，停在了另外一邊。

陸慕生被她護在身後，素影沉著面容，冷冷地看著天曜，隨即一笑，滿是諷刺：「妖龍天曜，不自量力前來我廣寒送死？」

沒見她身後有雁回，天曜沉凝了目光：「雁回呢？」

素影眸色極淡，眼下眸光一轉，好似毫不在乎地道：「殺了。」

這兩個字落入天曜耳裡，乍一聽他竟然一時未曾反應過來這兩個字所代表的涵義。直到這兩字在他心裡迴盪了許久，他才慢慢理解透了，緊隨而來的便是難以言喻的痛楚將他那顆才尋回來不久的龍心擒住，好似有鈍刀子將他心口最柔軟的地方狠狠磨破，皮開肉綻，鮮血淋漓。

一時之間，心頭的疼痛只教天曜恨不得從來沒將這顆心找回來過。

痛得好似勝過了每個月的月圓之夜。

他雙目失神，望著素影。

素影身後的陸慕生也是一副極不敢置信的模樣，瞪著她。

素影卻只冷漠道：「我剜了她的心，取了你的護心鱗與內丹，將她棄屍荒野，你別想再找到她了。」

一時間，這段時日與雁回一起走過的所有畫面紛紛湧上心頭，想著雁回曾站在他身前迎著月色為他擋住了所有殺氣；想著雁回在幻妖王宮之時在他懷裡號啕大哭；想著中秋祭，雁回抱著他，給他餵血，在樹下以膝為枕，守著他睡了一整夜……

他想著幾天前，雁回還坐在他身邊，與他一起泡著冷泉，在泉水裡玩水，她還會笑，還會叫他天曜，還會說從今以後要代替護心鱗護著他的心。

而今……

天曜一時間竟覺得自己周身都沒了力氣，然而渾身脫力之後，只覺有一股難以言喻的哀慟在心口之間燒成了熊熊怒火。他一抬頭，望向素影，雙目間已是赤紅一片，看起來可怖駭人。

「想殺了我嗎？」素影神色輕蔑。「二十年前你做不到，現在也依舊如此。」

沒等她話音落下，天曜便不管不顧地攻擊上去，妖力澎湃攜著撼天動地之勢，全然沒有防守，一心一意地向素影攻去。

他攻得那般猛烈，即便渾身破綻，素影一時之間卻也未能找到機會攻得了天曜；而她另一隻手還要護著陸慕生，是以動起手來難免拘束。

但天曜想傷她也是十分困難。

最終卻是陸慕生在素影身後一聲大喝：「殺我！」

天曜聞言毫不推拒，二話沒說，手中攻擊抬手便衝陸慕生而去。素影回頭望了陸慕生一眼，眸中三分怒七分痛，但卻也不得不回身將陸慕生護著。

一時間動作竟然有了破綻。

天曜反應極快，明明一個招數向著陸慕生而去，半路當中猛地轉換方向擊向素影。然而，現在到底是素影的修為比天曜高深許多，沒有內丹，天曜的動作還是慢了三分。素影識破他的招數，想著此時沒有人再能攻擊陸慕生，便疏忽了對陸慕生的保護。

她當即一轉身，就著天曜的力道，反手便是一掌，猛地向天曜沒有護心鱗守護的心口處擊打而去。眼看著天曜避無可避……

哪曾想卻在這時，素影身後的陸慕生猛地往前一竄，撲向天曜。素影這一掌收勢未及，逕直打在陸慕生的後背之上！

「砰」的一聲，是身體之內器官爆裂的聲音，陸慕生猛地摔在天曜身上，七竅頓時血流如注，讓他整張臉看起來極為可怖。

這事便發生在電光石火之間，素影沒反應過來，便是連天曜也沒反應過來，他接著陸慕生，怔怔地看著這渾身已經癱軟如泥的書生。

素影看著自己的手，周身仙氣如雲煙一般消散，在天曜面前竟一時忘了防禦：「不……」

天曜看著陸慕生，聽得他的言語，也呆怔在了原地：「為我續命的披風……是你的鱗……她為了我，害你。」陸慕生說得斷斷續續，氣息沙啞至極，聲音小得讓人幾乎聽聞不到。

「現在我做你的鱗，我不用她來施捨恩情……」陸慕生喘了兩口大氣，卻是出氣多進氣少，鮮血從他眼睛、耳朵裡流出來，血流如注。「虧欠你的，我還清了。」

「不……不……」素影顫抖著邁上前來，要抓住陸慕生。

忽然之間，陸慕生卻像是能看見身後向他而來的素影一樣，他不知是哪兒來的力氣，推著天曜往前走了三步，躲開了素影的拉扯。

「燒了我。」陸慕生道：「什麼也不要給她留下。」

他緊緊盯著天曜，天曜忽地反應過來，在素影施加法術之前，他手中烈焰一起，登時將陸慕生包圍其中。

「不！」素影抬手，欲施加法術將天曜的火撲滅。然而此時天曜卻在旁邊猛地甩了記法力過去，逕直將素影撞開，素影被推打得生生退出十丈遠。

等她反應過來要救陸慕生的時候已經來不及了。

陸慕生已經攏著如一身晚霞似的烈焰站在了山崖之上。

天曜的火焰能灼得連百年的大妖怪都忍受不了，而陸慕生不過是一介軟弱書生，此時卻在火焰當中並無任何痛苦的神色，他只是望著天，嘴角帶著笑，在落下山崖之前，天曜聽到了他喉嚨裡發出的最後聲音——

「雲曦，我終於能來陪妳了。」

帶著火光的身影墜落山崖。在風聲呼嘯當中，陸慕生的身體徹底被火焰灼燒成為灰燼，順著山間呼嘯的大風，不知被吹撒去了何方。

素影追著陸慕生的灰燼而去，她清冷的神情不復存在，面上全是崩潰一般的顫抖：「不，不要，回來，你回來！」

她走到山崖之上伸手去撈，然而除了廣寒山常年呼嘯的寒風，陸慕生的灰燼竟連一點也未曾落到她的手心之中。

「我找了你那麼多年！我找了你那麼久！」素影痛得心肝俱碎。「啊！」她發出像動物受傷一樣的哀號：「啊！」

天地之間，除了她的痛苦嘶喊，似已再無他物。

然而悲痛之後，素影在懸崖邊上驀地回頭，眸光惡狠狠地盯向天曜：「你殺了他！」她說著，好似要將天曜吃入腹中。「你殺了他！」

若認真算來，即便天曜不給陸慕生那一把火，陸慕生受了素影那一擊已經活不成了，但天曜此時卻毫不猶豫地認了：「我殺了他又如何？」

他盯著素影，眸中殺氣未歇。對他來說，現在素影的手上也染著雁回的鮮血，即便他現在可以將二十年前的恩怨放過，但雁回的……他也一定要討回來。

素影周身仙氣纏繞而起，風雪被捲在她身側，狂風拉扯著她的頭髮，好似將她變成了一個痛失所愛的瘋子，清冷不復，高貴不再，她眼裡只寫滿濃濃的怨恨與殺意。

天曜身側也是烈焰灼燒。

風雪與赤焰在兩人周圍擴出一個巨大範圍的圓圈，交接的地方產生劇烈碰撞，是兩人傾盡修為的碰撞，要補上二十年前他們兩人之間那場未來得及的生死之鬥。

但天曜如今內丹未拿回，不過片刻便有些許後繼無力之相，火焰灼燒的範圍漸漸縮小。

眼看著天曜的火圈要被四周呼嘯的風雪所吞噬，天邊倏地劃來兩道光影，猛地刺破素影的風雪。闖入其中的兩人，一人結印擋住素影的氣息，一人扶住天曜。

兩人沒說一句話，默契地一人帶著天曜似箭一般竄出素影捲出的風雪之中；而另一人則猛地收手，身形極快地跟上前者，速戰速決將天曜帶離了廣寒山。

風雪之中，只餘素影孤立其中。她沒有追，只是仰望著漫天鵝毛大雪，靜默不言。

她唯一的親人死了，唯一的愛人死了。

現在，除了這一身功法，她什麼都沒有了。

七王爺往後看了一眼，見素影並未追上來，霎時舒了一口氣：「這廣寒門的素影，何時修得如此厲害的功法？要不是拚了全身修為，今次怕是無法安然而退了。」

三王爺扛著天曜，他雖然眼睛看不見，但感覺卻勝過他人：「那不是修為厲害，只怕她也是拚了全身修為吧。」三王爺耳朵往天曜的方向聽了聽。「你與她都談了些什麼？」

天曜被人扛在背上，只垂著頭，雙目無神地看著腳下穿梭的白雲。

「雁回沒了。」

他說這四個字的時候，好似不是在說雁回，而是說的他自己。

那麼絕望，藏著那麼深的哀慟。

兩位王爺聞言一默，他們也不知道雁回的情況，便也不再說話。

一路趕回青丘，剛一落地，四周便有人圍了上來，天曜垂著頭看著地，一副生無可戀的樣子。便在此時，遠處傳來一道他再熟悉不過的呼喊：「天曜！」

天曜耳朵一動，瞬間豎了起來，一抬頭，看著破開人群向他跑來的雁回。

一時間雁回身上便像是點了火一樣，將他眼底深處的黑暗都盡數照亮了。除了雁回，他幾乎看不見任何人。

「天曜，你撞見素影了？打起來了嗎？受傷了嗎？」

雁回一邊向他小步跑來，一邊急切地問著。

天曜一直默不作聲地看著她，直到雁回跑到他身前三步遠的距離，他才一個大步跨上前去，將雁回手一拉，用力將雁回拉進懷裡，隨即抱住她的腰，扶住她的後腦杓，不給雁回任何抵抗和說「不」的機會，他幾乎是急不可耐地一口吻在了雁回的嘴脣上。

舔遍她的嘴脣，不容反抗地侵入她的口腔，帶著像是要將雁回嚼碎吞進肚子裡的力道，在大庭廣眾，眾目睽睽之下，緊緊相擁，用力深吻。

放不開。

天曜心想，他大概再也沒辦法將雁回推開了。

他是那麼超出自己想像地，在乎她，愛慕她，需要她……

一吻至深，天曜幾乎勒得雁回快要窒息。直到雁回忍受不了開始推拒天曜，他才從自己的世界當中走出來，離開了雁回的脣，讓她用力呼吸空氣，可手卻依舊不願意將她放開。

他想抱著她，感受她起伏的胸腔，快速的心跳。他想確認，雁回還活著，真真實實活在他身邊。

好不容易緩過神來，雁回抬頭，愣愣地望著天曜。

四目相接，兩人都靜默無言。

最終到底是旁邊的燭離上前來打破詭異的寂靜：「大……大庭廣眾！」燭離聲音有幾分抖：「還不放開！」

雁回陡然回神，連忙將天曜抱住她的雙手一按，要從他懷裡逃出去。可天曜卻又是一個用力，將雁回重新帶進懷抱裡，讓她的胸膛貼著自己的胸膛，讓她腦袋搭在自己的肩膀之上。

「妳還活著。」天曜道：「妳還安好。」

雁回聽得愣神，也為他這過於依賴的舉動愣怔：「我……是活著，也安好。」

她動了動脖子。「可你……」沒讓她把話說完，天曜將她抱得更緊了些，像哄小孩一樣拍了拍她的後腦杓。

「沒事了。」

他好似長舒了一口氣，這三個字也不知是說給雁回還是他自己聽的。

雁回便在他這三個字當中沉默了下來，不再問其他事，也伸手拍了拍天曜的後背。

是夜，時值深秋，夜裡已是極涼，雁回卻覺得身體裡有一些她不明白的躁動，尤其是脣上一直火熱熱地燒成一片。她腦海中不停地回憶起白天的時候天曜那突如其來的一吻。

心裡跳動的感覺，熟悉得像是當初在永州城吃了狐媚香一樣。

幻小煙幽幽飄到雁回身邊：「主人呀。」她在雁回耳邊輕輕喚了一聲，雁回卻被猛地嚇了一跳：「怎麼了？」

「妳這模樣看起來像是春天的小貓小狗啊。」

雁回臉色驀地一紅，她輕咳一聲，在床上坐正身子：「咳，這兩天太混亂，都還沒有好好謝謝妳幫了我大忙。」雁回上下看了幻小煙一眼。「我發現妳是不是長大了一些？」

「當然呀。」幻小煙驕傲地在空中轉了一個圈。「妳才發現我長大了啊。自從出了幻妖王宮啊，我就在忙著給青丘的人製造各種幻境啊，他們睡不好的人都讓我去幫忙的，我吃了他們的情緒也就成長得很快呀，現在就算要給比我厲害百倍的妖怪施幻術也不是不可能的呢！」

雁回更細地打量了她一下，好像也確實是這樣一回事呢，之前看起來明明是個小孩的模樣，現在已經長成個豆蔻少女了。

「不過主人，剛我們的話還沒說完呢……」顯然，幻小煙對自己身上的話題並不感興趣，她又轉頭將話題帶了回去：「今天那天曜吻妳的感覺……」她動了動眉毛，裝出一副很懂的樣子。「很爽吧？」

雁回瞥了幻小煙一眼，幻小煙以為雁回要斥責自己了，哪想雁回卻琢磨了一番，摸著嘴唇回味了一下：「是滿爽的……」

「……」幻小煙道：「主人妳這麼不矜持實在超出我的預料，讓我都不知道怎麼接話了。」

雁回笑了笑：「不過，拋開這些身體感覺不說，我心裡尚有些不敢置信呢。」

「有什麼不敢置信的，都實實在在發生過了。」

雁回沉默了一瞬：「我本以為天曜此生再不會喜歡上任何一個女人。畢竟以前受過那樣的傷……」

幻小煙轉了轉眼珠子：「主人妳可能不知道，之前你們到幻妖王宮來的時候，我也給天曜施加了幻術的，讓他看到了心裡最難忘的兩個時刻。一個可能是二十年前另一個女人對他立下海誓山盟的時候，但那個時候天曜心裡的波動卻是極為苦澀與憤恨的。後來他又看見了另一個時候，是關於妳的。」

雁回一愣：「我？」

「他看見妳在月色之下，執劍站在他身前。再見那場面的時候，天曜的心頭情緒依舊澎湃。」幻小煙撓了撓頭。「我想，或許天曜此生最美好的，是在窮途末路時遇見了妳。」

在窮途末路時……

遇見了她。

雁回的胸膛在這涼夜之中變暖了。

原來，她竟在一個人心中有這麼重要的位置啊。原來，她竟是這樣被人需要著。她本以為自己頹然無用的一生竟對另一個人有這麼不可替代的意義。

光是想一想，她便覺得——

太好了。

幸好這世上，有一個人名叫天曜。

一時間，雁回竟有些按捺不住心頭的激動，她立即穿上了鞋，連外衣也未穿便跑出了門，幻小煙被雁回這突如其來的動作弄得莫名其妙，只跟在後面喊：「主人！妳要去哪兒啊？」

「我要去找天曜！我想見他。」

幻小煙聞言，只得停住了腳步，搖頭感慨：「青春啊。」可她轉頭一看，卻見院中柱子背後，燭離垂頭喪氣地站在那裡，陰影擋住了他的身影，讓人幾乎看不見他。

幻小煙摸著下巴想了想，然後上前拍了拍燭離的肩：「小世子。」她明媚地衝燭離笑著。「你想在夢裡和我主人好嗎？我可以讓你作夢唷，你只要晚上給我吃掉你的情緒就行啦。」

「不要了。」燭離拍開幻小煙的手。「這樣挺好的。」

他一轉身，回了自己的院子。

幻小煙看著他落寞的背影，想了想又追了上去：「可你現在看起來是一副被打了的落水狗的樣子啊。」

「我沒有。」

「喏，你走路都拖著腳後跟呢，有氣無力，形容頹敗的。」

「閉嘴。」

「我閉嘴了你就開心了嗎？」

「閉嘴就好了。」

「……」幻小煙再次開口：「我剛閉了片刻，現在你開心了嗎？」

燭離幾乎要翻死魚眼了：「妳在逗我嗎？」

幻小煙眨著眼睛非常乾脆道：「對呀。」

「……」燭離手裡凝聚了妖力。「妳過來，我們談談。」
「壞人！看你心情不好我才逗你的！我逗你你為什麼還要打我？我不服！」
「不服來戰！」
「戰就戰！」
這方院子裡打成什麼樣，走遠了的雁回自然是不知道的，她一門心思往冷泉那方奔去。
冷泉之中的天曜正以龍身沐浴，聽得雁回的腳步聲前來，他在冷泉之中微微仰起了頭，卻沒有變回人形。
「天曜。」雁回在他面前站定，有些微微氣喘。龍頭探到雁回面前，好似在詢問她有什麼事。
可雁回還在喘氣，就一把抱住了天曜的腦袋，天曜一驚，眼睛驀地睜大。
雁回抱著他道：「你喜歡我吧！」
天曜水中的尾巴一翹。
雁回將臉埋在他頭上：「你做我的人吧！」
話音一落，天曜愣了一瞬，緊接著便周身光華一轉，立即在冷泉邊化成人形。他望著雁回，克制的目光裡隱隱透出的亮光洩漏了他習慣隱藏的心思。
雁回一步上前：「你做我的人吧！我也喜歡你的！」
天曜眸中光芒收斂下來，他只靜靜地看著雁回，一時之間竟看得雁回有幾分不確定起來：「以前你問我，如果二十年前你遇到的是我會怎樣，那時候你便對我動了心思，我是知道的，可那時候我沒有。但最近我越來越多地在思考這個問題，如果二十年前你遇見的是我，我會怎麼樣？」

雁回定定地看著天曜：「別的我不敢說，可二十年前你若是遇見的是我，你只要以真心待我，我便願將真心全部交予你，不欺騙，不辜負。」

其實，對於天曜來說，最美好的是在窮途末路時遇見雁回。那對雁回來說，最美好的大概是在一無所有的時候，還有天曜。

不知從什麼時候開始，他們成了彼此心裡無可取代的存在。

冷泉中揉碎的星光被天曜裝進了眸裡，他依舊沒有說話。

雁回等了一會兒，耐心耗盡，終是一步踏上前去，勾住天曜的脖子便對著他的嘴脣一咬，烙下深深的壓印後索性開始耍流氓了：「我不管，我親也親了你了，抱也抱了你了，你的身子我該看的不該看的也都看過了。反正你的清白被我毀了。說，從我。」

話語至此，天曜終於沒有繃住臉，頭一低，眼一彎，笑了出來。

「真不愧是雁回。」

雁回勾著他的脖子，直勾勾地盯著他：「少與我打哈哈，今日你不從我，我就不讓你走了。」

天曜失笑，笑了許久終是點頭：「從。」他重複了一遍。「我從了妳了。」

雁回這才笑了出來，佯裝嚴肅的臉立時柔軟下來：「你可不能後悔了啊。」

天曜垂頭看她：「這大概是，我要對妳說的話。」

雁回雖是與天曜表白了，然而在修道者與妖族劍拔弩張的情況之下卻來不及有更多的發展，兩人的相處與之前也並無兩樣。雁回更加努力地修煉功法，因為聽聞天曜燒了陸慕生之後，她知道素影必定懷恨在心，遲早會來找天曜尋仇。

雁回只是不解：「為何她要騙你，已經將我殺了？」

天曜道：「不過是想讓我放棄找妳的心思罷了。她或許未想到，凌霄會放妳離開，任妳回到青丘吧。」

至於凌霄為何要讓雁回離開仙妖紛爭，而素影又為何不想讓天曜找到雁回，兩人便不再細說了。

天曜未將內丹之事與雁回詳細交代，雁回也沒有仔細去問，兩人之間自有默契，不言破卻極信任。

相比於妖族這邊為戰事緊鑼密鼓的安排，三重山另一邊似乎一團亂。

自素影隻身闖入青丘之後，江湖傳言陸慕生莫名慘死，而素影真人幾近癲狂，不尋人復仇，也不籌備戰事了，只獨自待在廣寒門中，閉關不出。

修道界另外一個領頭者辰星山的凌霄真人更是仙蹤難覓，全然無人知曉他到底去了何方，辰星山上下竟無一人能覓得他影蹤。

中原三大仙門，棲雲真人與凌霄真人不知所終，素影真人閉關不出，一時之間修道者們群龍無首。在妖族主動進攻三重山之後幾乎節節敗退，而這時又傳來中原之中的辰星山被妖族之人偷襲的消息。

二十八峰有兩座山峰被爭鬥之力生生削為平地，而辰星山弟子全然不知是什麼妖怪所為。

中原修道者們大驚，畢竟辰星山位於中原腹地，若是連辰星山都能被妖族偷襲，那中原還有什麼地方是安全的……

得到這個消息的妖族也是怔然。

青丘國主不親自做主戰事，平日裡青丘的行動皆是儲君領著幾位王爺一同商議再行動的，而直到辰星山被偷襲之後，儲君在會上一問，是何人組織此事的，眾王爺竟無一人知道。儲君還特意派人來問了天曜，得到的答案自然也是否定的。

此事頗為奇怪，但左右是發生在中原的事情，隔了兩日便也沒人再管了。青丘的人自是希望中原仙門越亂越好。

可就在兩天之後，辰星山再次出了一個消息讓青丘的人不得不在意——清廣真人，出山了。

此消息一出，修道者們先前被擾亂的軍心頓時安定，青丘眾妖俱是怔愕。

雁回聽燭離與她說這話的時候，愣是呆了許久沒回過神來。

清廣真人出山了？怎麼可能……

若是按照她以前的推論，凌霄與素影一直主持這中原仙門與妖族之間爭鬥之事，清廣真人則一直閉關不出，可能是被凌霄與素影囚禁。而現在，清廣真人卻出來了……

難道是因為素影痛失陸慕生之後疏忽了，還是凌霄那方出了什麼問題？

雁回沒想明白，她本以為清廣真人出山之後，會重拾五十年間的和平局面，壓下仙妖紛爭，畢竟如今這和平，是五十年前清廣真人與青丘國主一戰之後好不容易得來的。

而事實卻並不如雁回所料。

清廣出山之後立即邀請各仙門掌門齊聚辰星山。連好些時日閉門不出的素影也被他命人請了過去。

緊接著中原仙門開始重新整頓安排，各門派被依次分派了任務，像是終於重新找回了主心骨，中原仙門開始圍繞著三重山全面布防，個別地方開始著重進攻。

前線形勢一下便焦灼起來。

青丘眾人霎時比以前更加忙碌，連燭離也時常不見了蹤影。天曜也會開始收到各式各樣的安排，有時候是破一個難破的大陣法，有時候是對付些許難辨的仙門掌門。

每一次天曜都會帶上雁回，對於現在的他來說這般陣法與仙人已很好對付，但雁回卻缺少用妖術與人對戰的經驗，正好帶她去前線練練手。

這次三重山後靠近中原內地的一個小村莊上空，突然出現了一個巨大法陣。青丘王爺在各自看守的地方被戰事牽扯，抽不開身，於是任務便落到了天曜的頭上。

天曜聽聞陣法布置的地方之後，猶豫著不想帶雁回前去。可適時雁回《妖賦》正練到第五重，將破未破，正缺實踐參悟，雁回對天曜的猶豫感到奇怪：「這次去的地方有什麼不同嗎？」

天曜默了一瞬：「是妳家鄉。」

雁回愣了愣：「哦。」她道：「有什麼不能去的嗎？」

「我怕妳在戰場之上，耽於往昔。」

那是她童年成長的地方，也是遇見凌霄的地方。在那個地方，她曾對白衣仙人信誓旦旦地說過，要向他學習仙法，從此斬妖除魔，心懷正義，維護蒼生。

天曜沒將這些說出來，但雁回明白他的心思，她只笑了笑，道：「那這次去，便也將這些往昔都盡數斬斷吧。」隱去笑容，雁回正色問：「什麼時候出發？」

「今日下午。」

「我回去調整一番，隨後來找你。」

「嗯。」

雁回轉身離開，回了房間便盤腿要打坐，意圖將自己的狀態調整到最好。適時幻小煙蹦蹦躂躂地從窗戶外翻了進來，喊：「主人主人，外面有個人送了張紙來，妳要不要看啊？」

青丘賞罰分明，雁回隨天曜去了幾次戰場後，偶爾也會收到幾封由青丘上層傳達下來的獎勵和冊封公文。這些東西雁回自是不在意的，她閉目養神：「放著，我今日要外出，明日回來看。」

幻小煙眼睛一亮，一時也不去管什麼紙不紙的了，直接蹦到雁回面前：「妳又要去打仗啊，帶上我唄，我也想去長長見識。最近睡不著的妖怪太多啦，大家都愁打仗呢，我給他們夢境裡面都放點什麼打勝仗的場景，他們一定都好高興的，我也可以吃很飽啦。妳看我這幾天又長個子又長肉了。」幻小煙誇著自己。

「我也是今非昔比了啊。」

「好。」雁回誇了一句。「記得看好家。」然後便不再搭理人了。

幻小煙得知自己被敷衍，咬了咬唇，心裡卻也沒有完全服氣，她眼珠子轉了轉，偷偷溜到了一邊。

到了下午，天曜化龍，雁回坐在他背上，像之前那樣趕去了有大陣法之地。

可這次一到村莊周圍，天曜便皺了眉頭，在空中盤旋了一圈，未曾下去。

雁回詢問：「怎麼了？」

天曜觀察了陣法許久：「此陣甚是邪門。」

雁回愣了愣，能讓天曜說邪門的陣，那想來便是該真的邪門了。「那我們……」

話音未落，雁回只覺下方還隔得老遠的陣法倏地傳來一股巨大的吸引力，將她拉扯著往下拽。雁回意圖抱住天曜，可當她伸出手的時候才發現，化身為龍的天曜不知道什麼時候已經不見了，她猛地往下墜落。

雁回立時在空中穩住自己的身形，得以讓自己穩妥地落到地上。剛一站穩，旁邊傳來天曜的聲音：「雁回。」

雁回一抬頭，天曜好似也才在地上站穩一樣，他掃了四周一眼：「我們被拉入陣法之中了，且去尋找陣眼。」言罷，他便向前踏去，見雁回落在後面，天曜便腳步一頓，回頭看她。「怎麼了？」

他盯了雁回一會兒，然後伸出了手：「不跟來？」

雁回遲疑了片刻，還沒伸出手，身後倏地有一道殺氣向她刺來。雁回未來得及躲避，天曜便將她腰一攬抱到一邊，躲過地中穿刺而來的尖銳枯枝。他一揮衣袖便是一記烈焰燒了出去，將那枯枝灼燒為灰燼。

貼著的是天曜的溫度，看著的是天曜的法術，雁回這才稍稍放了心。天曜垂頭看她：「妳方才怎麼了？」

雁回搖了搖頭：「沒事，有一點錯覺。」

她跟著天曜而去，待得過了一個路口，前面出現一根巨大的枯木，那是當初封印天曜魂魄的巨木。就是在這兒，雁回遇見了凌霄，也是在這兒她陰差陽錯地將天曜的魂魄放了出去。

從某種角度來說，十年前的那天，她其實遇見了兩個人，一個看得見，一個看不見。

命運實在奇妙。

天曜腳步也一頓，回頭望了眼雁回：「想起從前了嗎？」

雁回搖頭：「只是有點感慨緣分的奇妙。為何偏偏你的護心鱗便入了我的心？」

天曜默了一瞬，隨即正了面色：「雁回。」他道：「其實我一直未曾告訴妳。真正在妳心口發揮作用的、讓妳活下來的，並不是我護心鱗的力量，那只是一塊護心鱗，它可以填補妳心臟的空缺，讓妳不死，但絕對無法讓妳『活』。讓妳活到現在的，是我的內丹。」

「我大概已經猜到了。」雁回默了一瞬。「天曜……」

她剛開了口，腳邊土地一陣蠕動，裡面立即有尖銳的木枝再次穿插出來。雁回飛身而起，躲過樹枝，天空中卻猛地傳來一股巨大的壓力將她往地上按。

天曜揮手使一把火將地上木枝盡數燒掉，然而另外一方在他背後也是一片密密麻麻的樹枝，如箭一樣射來。天曜燒了一片又一片，很快眉頭便皺了起來，便在此時四面八方登時出現了木刺，一同向天曜扎去。天曜的火燒為一個球，將四周木刺燒去，卻仍有一兩根穿進了他身體裡。

一時間天曜的表情變得極為痛苦。

雁回心頭一慌，立即扶住天曜：「你……」她剛說了一個字，便見有穿進身體裡的木枝順著他體內骨頭生長而來，隆起了他的皮膚，然後刺穿表皮，在他手掌心裡生成了荊棘。

雁回看得頭皮一麻。

只聽天曜咬牙道：「沒有內丹，我燒不掉體內木枝。」

雁回愣神，天曜轉頭看她：「雁回……若我問妳，願將內丹還給我嗎，妳要怎麼答？」

雁回看了他一瞬，隨即答：「我還給你。」

「好。」天曜道：「那便還給我。」

天曜手中木刺倏地長長，直衝雁回心房而來。與此同時，雁回只聽耳邊「啪」的一聲，緊接著臉皮一痛：「主人妳醒醒啊！別在夢裡隨便答應別人什麼事啊！」

雁回猛地睜開眼睛，幻小煙坐在她身邊。她躺在地上，旁邊是巨大的枯木，但剛才的木刺不在，天曜也不在了……

雁回立時反應了過來：「方才那是幻覺？」

「當然是幻覺！這整個陣法裡面都是幻覺，真實得幾乎可以殺人的幻覺。」幻小煙一把拍掉雁回手裡的匕首。「剛才妳都直接拿刀往自己心口上捅了！」

匕首「哐啷」一應聲落地，雁回循聲看去，這才發現自己手中竟然一直緊緊握著匕首。

雁回想來有幾分後怕，在慶幸幻小煙跟著自己的同時，她轉頭往四周望了一眼：「天曜呢？」

幻小煙搖了搖頭：「我一直藏在戒指裡所以才能喚醒妳，他落去哪兒我就完全不知道了。這個陣的法力太強了，依我看是施術者將心思分去了對付別人，所以我才這麼容易將妳喚醒的，那妖龍天曜……恐怕不太好過。」

雁回聞言，咬了咬牙：「我們去找他。」

「妳要去找誰？」

一道聲音驀地出現在了空中，雁回一怔，抬頭望去，卻見素影立在那十年前便被焚燒為枯木的巨木之上。她垂眸看著雁回，相比之前的高高在上的清冷，此時她的眸中不由自主地透出幾分以頹敗掩藏著仇恨的火焰，素影看起來不像是修道者，而更似一個妖。

「妳要找妖龍？」素影冷冷一笑。「不用去了，牠就在這兒。」素影手一揮，空中一聲龍嘯，青龍巨大的身體驀地落下，砸在地上，牠渾身抽搐，好似痛極。

雁回一驚：「天曜！」

素影道：「雁回，妳以為妖龍是全心全意對妳好嗎？他護妳到如今，讓妳入妖道，助妳修妖術，只是為了喚醒妳心中他內丹的力量，方便他日後取回，妳可知道？」

「我知道。」

可知道這些又如何，她也知道天曜這二十年來有多痛，她知道天曜對無力的自己有多憤恨，她知道天曜有多想找回自己曾經的力量。可她更知道，在明明能夠取出她內丹的時候，天曜說，他的身體已經找齊了。

他沒做任何傷害她的事。

雁回不傻，幾句提點她便能明白，以前的天曜想要什麼，而現在的天曜，為了她，都放棄了什麼。

素影眸光沉凝：「倒是情深，不過也罷了，左右今日，你們兩人都出不了我這陣法的。沒有內丹的妖龍，和有內丹之力卻不會運用的妳……」素影輕蔑一笑。「休想踏出這陣法一步。」

雁回聞言，眸光一沉，沒有內丹的妖龍，和有內丹的她……那若是她將內丹還給天曜，至少天曜能從這陣法之中出去……

雁回如是想著便要邁步上前，忽然之間她手臂一緊，雁回往身後一看，幻小煙的面容不知為何有點模糊。直到幻小煙猛地掐了她一把，雁回才陡然驚醒。

幻小煙見雁回還有幾分怔神，又抬手拍了拍她的臉：「主人妳又看見什麼了？這陣裡面的東西都不可信啊！」

雁回這才轉頭，那被燒焦的巨木上，素影的影子，地上痛苦掙扎的天曜也不見了。

而她的手則放在自己心口上，五指微蜷，作勢為爪，竟是要剖出自己心臟的模樣。

雁回額上有冷汗微微滲出。只道這迷陣之中的幻覺簡直防不勝防，一次比一次更真實可怕，而且完全能洞察到她的內心，引著她做出這樣的決定。她有幻小煙在身尚且躲過了兩劫，而天曜……

雁回咬了咬牙，對幻小煙道：「妳不會被這迷陣迷惑？」

「我是幻妖啊！」幻小煙道：「我們是幻術的祖宗！雖然……我是還沒有那麼高深的法力，不過看破一切幻術是我天生的本領。」

雁回略一沉吟，立即撕了幻小煙的袖子，用那塊布將自己眼睛蒙了起來：「妳帶我走。」她道：「找到天曜就交給妳了。」

幻小煙一怔：「主人……妳交給我這麼重的任務啊……」

「我相信妳。」

雁回將手伸出去，幻小煙看了看，隨即咬牙：「好！我今天一定帶妳找到天曜！」

他。

「天曜……」

「天曜。」

有聲音在他耳邊一直不停地盤旋，天曜睜開眼睛，但見雁回一臉憂心地望著他。

天曜望了她一瞬，雁回便將他扶了起來：「受傷了？」

天曜垂頭感受了一下身體中的力量，搖頭：「無妨。」

「我們好似墜入了這陣法之中，為今之計只好在陣內去尋找陣眼，才得以破除了。」雁回轉頭看了看四周，然後定睛望向一個地方。「那方有詭異的氣息，你可能感覺到？」

天曜順著雁回指的方向看了一眼，隨即轉頭回來看她：「不用把我引去那方，直說吧，妳意欲何為？」

雁回一怔，有幾分疑惑：「妳在說什麼？」

天曜垂頭笑了笑：「因為是雁回的臉，所以我才這般好好說話。不過……」天曜眸色微微一寒。「妳若再演下去，我怕是不會客氣了。」

話音一落，扶著天曜的雁回面色一沉，眸中登時露出了凶光。她握住天曜手臂的手霎時化為枯藤，意圖將天曜手臂纏住，那張臉也開始慢慢化為樹皮，最後面目全非。

天曜眸光一寒，周身烈焰一起，登時枯木便化為灰燼。

天曜拍了拍衣裳，站起身來，眸光一轉，立時便擒住了立在身側巨木之上的素影。

「雁回呢？」

素影眼下黑影沉沉，唇角勾出一個冷笑：「這般在意她？妖龍天曜，你對她，倒是用情極深嘛。二十年前的事還未讓你學乖？你不怕那雁回對你也有所圖謀？」

「我只怕雁回對我圖謀得不夠多。」他說得那般輕描淡寫，但對於經歷過那般事情的人來說，這話語裡的涵義，卻不可謂不厚重。

素影默了一瞬，隨即點頭：「好，那我讓你見見她。」她一揮手，巨木枯枝之上立即吊上了雁回的身體。

只見此時雁回雙目緊閉，七竅皆是鮮血橫流，心口處破開了一個大洞，裡面黑乎乎的什麼也看不見。

天曜見狀，瞳孔猛地縮緊：「妳對她做了什麼？」

素影淡淡道：「捉她的時候還捕獲了另外一隻小妖，你讓她說與你聽吧。」言罷，幻小煙被猛地自空中丟到了天曜腳下。

天曜一愣，幻小煙爬起身來，眼睛紅腫地哭道：「我……我和主人來找你……那個壞女人把主人的心剖了，主人要活不成了……快救救主人呀。」

天曜心頭一亂，但聽素影淡淡道：「你的護心鱗與內丹我已取到，你便與她在這陣法當中，自生自滅吧。」

天曜牙關一咬，雙目驀地赤紅，一記炙熱火焰逕直向素影殺去。而待到火焰抵達素影所在之處時，素影已經沒了蹤跡，烈焰只是將捆綁著雁回的繩索燒掉。

在雁回落地前一刻，天曜飛身上前將她攬入懷裡。

她的身體已經快要冰冷得沒有溫度，即便落入天曜的懷裡，她也未曾睜開眼睛，鼻端的呼吸弱得快讓人感受不到了。

「雁回？」他喚了一聲，雁回自是毫無反應。天曜咬了咬牙，握住雁回的手，身體中的法力不要命地往雁回身體中湧去。

「我會帶妳出去。」天曜道：「妳不要怕。」

在天曜向雁回身體中灌入修為的同時，一直在他身後委靡於地的幻小煙倏地站了起來，她眸帶寒芒，每踏出一步，寒氣便自然而然地在她腳下凝聚。

她面容幾經變幻，最終變成了素影的模樣。

她行至天曜身後，抬手便將手中寒冰匕首向天曜頸項扎去！

電光石火之間，空中猛地一陣風聲呼嘯，一道火焰逕直從空中打來，不偏不倚恰好砸在素影寒冰匕首之上，冰刃融化而出的水落在天曜頸項之上，天曜一怔，神志清明了些許。此時忽聽空中傳來一道急聲：

「天曜快住手！」

有火焰自空中雨點般落下，素影身形便在這火焰當中消失了蹤影，而天曜雙肩被猛地一推，逕直翻在地，愣怔間，竟見一個活生生的雁回撲在他身上。雖然緊皺著眉頭，但沒有七竅流血，心頭也是好好的，雁回狠狠掐了一爪子他的臉：「醒醒！那不是我！」

天曜看著雁回，沒吭聲，雁回便又使勁兒扯了扯他的臉皮：「快醒啊！」

「醒了。」天曜說道，又換來雁回一聲喝斥：「那你還不趕快把法力收回去！」

天曜這一垂頭，才看見被他灌入法力的「雁回」竟然只是一截枯木。枯木開始生芽，慢慢長成人形。

天曜立時收回法力，而此時那枯木已經長成人形，它僵硬地抬起了手，要攻擊兩人。雁回見狀，拖著天曜便開始跑，一邊跑還一邊問身邊飄著的幻小煙：「妳感覺找到陣眼了嗎？」

「不知道啊！」幻小煙道：「就覺著這兒氣息重了，但什麼陣眼都沒看到啊。」

她語音一落，空中立時有冰針簌簌而下。天曜立即將雁回一攬，拂袖一揮，閃耀著紅光的火焰結界在他們周圍撐開。

素影在空中冷眼看著下方三人。相比於剛才，她的臉色更難看了幾分：「區區幻妖，竟敢亂我謀劃。」素影眸光一冷，忽然之間三人站立的地面開始震顫，沒有被天曜抱住的幻小煙登時被甩到了天曜的結界邊緣。

雁回要去追，可此時幻小煙已經被地上竄出的一根藤條狠狠綁住，藤條如蛇一般將幻小煙勒緊，藤條之上開始長出倒刺，眼看著便要將幻小煙生生切碎。

天曜倏地撤了結界，眸光一凝，低聲對雁回道了句：「給我點血。」然後便一口咬在雁回手指上。

雁回指尖一痛，立即有血液潤溼了天曜的脣畔。他手中結印，火龍自天際而來，撲向素影，素影立時以法術抵擋。而此時誰也沒想到，天曜卻身形一動，隻身撲向那巨大的枯木，手掌結印，狠狠地拍在巨木之上。

在空中與火龍爭鬥的素影瞳孔一縮。

巨木之上驀地出現一道裂痕，與此同時，素影的臉上也出現了一道裂痕。

素影手上動作一頓，火龍立即纏繞了她全身。烈焰燃燒，那枯木之上也登時燃起了火焰。

雁回見狀，立即上前切斷綁住幻小煙的藤條，幻小煙周身已經被藤條尖刺割破，她疼得直哭。雁回抱著她的腦袋輕輕拍了拍，哄了兩句，幻小煙才止住了哭，道：「我說這幻陣怎麼這麼厲害，原來是這個素影不要命了，把自己的性命和這陣法連在了一起！難怪她無處不在的。」

以命布陣……

素影她是……不想活了。

護心

第二十章 清廣真人

素影不想活了，雁回明白過來她的心思，卻是一聲笑：「她能這樣想，我覺得挺好的。」

幻小煙抬頭看了雁回一眼，默了一瞬，隨即道：「可不想活的方式有那麼多種，她為什麼一定要以命布陣啊？如果一心尋死自行了斷就好了，如果想來找你們打架，那完全沒必要布陣，用這麼複雜的方式呀。」

對，素影必定另有圖謀。

雁回一伸手，對幻小煙道：「藏進戒指來。」

幻小煙道：「不要我幫忙了嗎？」

「妳已經幫了大忙了。」

幻小煙對幻陣尤其敏感，她既然說這裡氣息奇怪，那此處必定有問題。而在這裡，除了那棵巨木，便只有素影在此，所以方才天曜一是用火龍攻素影，二是親自上手燒了巨木，這二者必有其一與陣眼相關。

而現在既然得知素影是以命布陣，那陣眼必定是在素影身上，可天曜攻擊巨木的時候，素影神色分明比攻擊她自己更加緊張，那根巨木也絕對有貓膩。

待得幻小煙在戒指中藏好，雁回飛身上前落在巨木旁邊，適時素影已滅了火龍，雁回道：「你應付她，這棵樹，我來燒。」

沒有更多言語，天曜飛身上天，與素影戰為一團。

素影見雁回以血為媒開始灼燒巨木，登時雙目一瞪，牙關緊咬，恨至極致。

她不欲與天曜纏鬥，可天曜卻始終干擾著她，不讓她下去阻止雁回。

素影大怒，周身氣息膨脹，冰寒之氣在整個陣法裡面炸開，一時之間巨木之上的火焰都結上了冰。

雁回只覺周身一寒，宛如有冰針在刺她的皮膚，唯有心口處火熱跳動的心臟在保持她的體溫。

巨木樹身之上方才已被灼燒出了一條裂縫，雁回伸手進去，她哈了口熱氣，白霧氤氳當中，掌中法力再次燃燒起來，逕直從樹中裂縫裡將那巨木燒開了去，火焰似電一般將巨木劈成了兩半！

而在這巨木之中，竟有由一樹枝藤蔓纏繞而成的男子靜立其中。

見這藤蔓編織的五官模樣，雁回一愣：「陸慕生……」

素影竟是在這巨木當中，以藤蔓草木做了一個陸慕生的傀儡……她難道，還想復活陸慕生？

所以她以命布陣，想在這陣裡殺了她與天曜，用她和天曜的精血來祭奠這傀儡，讓這傀儡活過來？

這不已經完全是邪修的邪術了嗎！

雁回驚愕之餘，還在傀儡心口之處看見有一顆珠子在藤蔓裡面閃閃發光。

那是什麼？

雁回一皺眉，伸手想去觸碰，卻見空中的素影好似瘋了一樣，周身法力澎湃而出，逕直將天曜定在了空中，她怒叱著向雁回而來：「休要碰我靈珠！」

她來勢那般快，雁回避無可避，索性一把將那傀儡心中的靈珠摳了出來，握在掌心，盯著素影：「來。」她道：「我碰了，妳待如何？」

素影急急停在雁回身前，披頭散髮，仙氣不存，一身頹敗之勢攜帶著末路之氣。

「把靈珠給我。」素影向雁回伸手道：「它對妳並無作用。」

靈珠？雁回想到先前素影將她與陸慕生一同帶走的時候，在路上，素影曾問過陸慕生，是否記起過往。當時她便提到過「靈珠」二字，這便是能讓陸慕生回憶起上一世記憶的東西嗎？

那陸慕生死後，這珠子便承載著他尋回來的那一星半點記憶，素影是想再造一個傀儡之時，將這珠子放入他心中，這樣傀儡就會擁有以前的那個將軍的記憶……

如此說來，這珠子對素影而言，著實重要。因為除了這珠子裡面的記憶，這世上便再沒有她和那將軍相愛過的任何痕跡了。

雁回一隻手握著靈珠，一隻手向素影伸了出去：「陣眼呢？放我與天曜出去。」

素影陰沉著目光，並無動作：「即便我今日放了妳，來日，妳也依舊保不住妳的那顆心，總有人會將它挖出來。」

雁回斜著嘴笑了笑：「那就等來日再說。今日我並不想與妳談這個。」她手心一緊，只聽「喀」的一聲，靈珠表面裂出了一道縫隙。

素影登時面色一變：「我放你們走。」

雁回正色補充：「先放我們走。」

素影垂眸：「好。」她的手收回衣袖當中，雁回靜靜等待她將陣眼交出，卻在這時，空中一聲破冰之聲傳來，緊接著便是天曜的大喝：「躲開！」

雁回與天曜素來默契，天曜讓她躲，她想也沒想便往斜刺裡撲倒。素影目露凶光，手中已是長劍斬向雁回方才站立之地。而在那處，地上更有尖刺長出，若是雁回不躲，那些刺便能直接將雁回戳穿。

雁回心下一驚，但見素影還陰狠狠地盯著她，雁回握著手中靈珠往地上一拍：「這是妳要的。」

素影眸光怔愕。

靈珠應聲而碎，霎時間靈珠之內光芒流轉而出，雁回腦子裡好似飄過無數的畫面。

每一幅畫面她都那樣陌生，但是畫面中的女子雁回認得，那便是眼前的素影真人，而畫面中的男子雁回也覺得熟悉，他像陸慕生，卻又不是陸慕生。

男子穿著玄鐵鎧甲，一身是血，狼狽獨行在荒原雪地當中，然後遇見了素影……

這是素影和將軍的過去……

素影眸光被靈珠光芒照耀到了，她顯然也看見了這個畫面，素影徹底怔住。緊接著畫面輪轉，春去秋來，素影與過去那將軍相處的一幕幕盡數出現。他們一同登高望遠，一同泛舟江湖，一同閒敲棋子。

每一幕都真實得像是昨日發生過一樣。

素影看得脣角顫抖：「他竟然已經全部記起來了。」她道：「他已經全部記起來了……他明明都記得！他騙我，過去的事，他明明都記起來了！不是作夢夢見一點，不是只有零零散散的一星半點，是全部……」

素影好似受到了巨大的打擊：「他都記起來了，可他最後還是要追隨那狐妖而去。他……」素影默了一瞬，脣角顫抖，她咬緊了脣，直到脣上一片鮮血淋漓。

陸慕生是想起了過去的事情，可儘管他想起來了，也依舊追著雲曦公主而去，也依舊怨恨素影，也依舊不願再接納她。

這對素影來說，無疑是將她心裡對陸慕生的最後一點幻想徹底撕碎。

陸慕生不是記不得，只是不愛她了。

他只是變成了另一個人，然後……

愛上別人了。

素影眼中積聚了淚水，然後淚水開始變得渾濁，最後甚至滲出了血色。她恨得咬牙切齒，目眥欲裂地將雁回盯著，一臉血淚橫流，讓她看起來宛如從地獄來的妖魔：

「妳為何要讓我看到這些？」她恨雁回。「妳為何要打破他的記憶？」

在巨大殺氣和仙力的壓迫之下，雁回只覺自己周身開始變得麻木，她連動也挪動不了一分。

「妳該死！」素影說著，五指登時化為鋒利的冰刃利爪，她的頭髮霎時化為一片雪白，瞳孔的顏色也變得極淺，整個人好似變成一個冰雪妖魔。

她向雁回狠狠抓來，眼看著便要將雁回切成碎片。

而此時她背後發出「喀」的一聲脆響。

素影手上動作頓住，她垂頭一看，一柄長劍穿透胸膛。

她的身體也已經不再是尋常的身體了，她整個身體都變成了堅冰。在長劍破開胸膛之後，她身體更加迅速地結冰，臉上也開始長出了冰刺，她自己也不再能行動。

只有眼珠在眼眶中轉了轉，最後落在那些破碎的靈珠碎片之上。

生命的最後一刻，素影想，當初在荒原雪地之上，或許她便不該救那陸慕生吧。不救他，她依舊是高高在上的仙人，冷眼淡看天下，世間無凡事可亂仙途。

可……

現在回首一想，她此生最快樂的時候還是與那將軍在一起，若是沒有那段時光，就算仙途百載，也逃不過「無趣」二字。
她這一生，做了那麼多事，她以為自己是愛陸慕生的。可原來，她只是為了回到當初那段快樂時光，可最終……
到底是天不如人願。
天曜在她身後拔出長劍，素影的身體應聲而碎，徹底變成地上的冰塊。天地顫動，四周景色輪轉變化，最終冰雪退去，地上草木依舊。身側旁邊巨木猶在，而空氣中已再無陣法氣息，他們終於從素影的陣法裡出來了。
而這世上再也沒有廣寒門的素影真人了。
雁回周身麻痺的感覺依舊存在，死裡逃生，她有幾分怔然。適時天曜在她面前伸出手來，雁回怔怔地看了一會兒，這才將天曜的手掌握住。
溫暖的掌心讓她感覺剛才那些事情是真實發生了。
素影真人死了。
消失在這世間了。
雁回轉頭看天曜：「她死了。」
「對，她死了。」天曜的神色與平時並無兩樣。手中劍消散於空中，天曜只道：「走吧，陣法已破，該回青丘了。」
「你便沒有……別的感想了？」
別的感想？天曜回首望了望巨木，或許有吧，畢竟他在因素影而起的仇恨和絕望當中生活了二十年，但對於現在的天曜來說……

「她已經不重要了。」天曜說著，轉頭看了眼雁回，一抬手輕輕觸碰雁回的心口，似無意識地呢喃著：「每當想到她對我做了那些事，卻陰差陽錯地救下妳，我對她還有幾分感謝……」

雁回一怔，卻在此時旁邊倏地傳來一道清朗的笑聲。

兩人循聲一望，隨即雁回便呆住了。

只見寬衣廣袖的長髮道者自山坡下踏步而來，頭上束冠，長髮過膝，眉目清俊，唇帶三分笑意，一身仙氣飄逸。

來者竟是……雁回也只在辰星山見過幾面的清廣真人。

「如此說來，妖龍你也要感謝感謝我才是呀？」

清廣真人說話好似永遠帶著笑意，他笑咪咪地望了天曜一眼，隨即眼神一轉，上下一打量雁回，目光最終停在了她的胸口之上。

天曜立時往雁回身前一擋，面容嚴肅，神態戒備。

清廣真人並不在意天曜的敵意，他只是輕聲笑著，好似發現了什麼非常可笑的事情：「真道是眾裡尋他千百度，未曾想到竟在我觸手可及的地方待了十年。」

他這話說得讓雁回有點愣神。

清廣真人要尋的東西……

「念在妳也曾是我辰星山弟子的分上，這內丹我便不親自動手取了。」清廣微笑著伸出手來。「來，給我吧。我等了二十年了。」

他要雁回心中的內丹！

原來，竟不是素影要她心裡這顆內丹，而是清廣真人想要！

二十年前素影荼害天曜，清廣真人並不只是單純來助素影除妖，而是也有所圖謀……

雁回不由得捂著心口後退一步，天曜眼睛一瞇，周身登時殺氣四溢。

清廣一笑，搖了搖頭：「你們殺得了素影，是因為她心中執念太多，所求太多，我可與她不同。」清廣眸光一冷。「我只求內丹。」

話音一落，他身形在原地霎時不見。雁回全然看不見清廣真人的動作，只見得她身前的天曜掌心劍在此凝化而出，向左邊一擋。清廣真人身影未現，但一股巨大的力量卻已經撞上了天曜的劍。

天曜牙關一咬，額上青筋微突。他周身烈焰大起，然而法力卻後繼無力，不過抵抗了一瞬，那力量方向一轉，卻從天曜頭頂壓來，只將他壓得單膝跪地，無法起身。

緊接著在雁回反應過來之前，斜刺裡一股法力猛地擊打在她身上，雁回立時被打飛，撞在那巨木之上，將那巨木生生撞出一塊凹陷。

塵埃「砰」的一聲炸開，然後和雁回的身體一起緩緩落於地面。

雁回一聲嗆咳，喉中立時湧出滾燙鮮血。

清廣真人的身影這才顯現，腳步輕踏至雁回身前，居高臨下地俯視著她：「自己來，可不就不用吃這苦楚了嗎？」

天曜聞言，欲奮力掙扎，以周身火焰與頭頂壓下來的力量奮力相抗，然而依舊不過是一瞬的抵抗之後，便再次被那力量死死壓住。

清廣分神看了天曜一眼：「身為妖怪，取了內丹，饒是千年妖龍又如何？」他話音一落，天曜頭頂的壓力驀地增大，只聽一聲悶響，不知是天曜身體裡哪根骨頭被壓斷了。他被狠狠按在地上，清廣真人一笑。「不過是我掌下長蟲。」

雁回花費了巨大力氣才能抬起此時已變得沉重不已的眼皮，看著那方狼狽的天曜，心頭百味雜陳。

她應該將內丹還給天曜的，天曜找回了身體，明明已經恢復得與以前一樣了。若是他有內丹，今日何至於如此狼狽，何至於在清廣真人手下，被傷到如此地步，完全沒有反抗之力……

清廣真人不花心思再去看天曜，轉過頭來，瞥了雁回一眼：「小姑娘，妳現在這神色，可是極不服氣？」

雁回垂著眼眸未說話，清廣笑了笑：「妳也不用不服氣，妳這條命本來也就是偷來的。若不是我那不乖的凌霄徒兒不聽話，二十年前，妳便該是今日這般下場了。」

雁回心頭被這句話點亮了。

什麼意思？

二十年前，凌霄……

凌霄與二十年前天曜的事情也有關係嗎？二十年來凌霄做了些什麼，讓她不至於是今天這下場？

沒等雁回有更多猜測。

清廣指尖凝聚了法力，眼看著便要探入雁回心口之內。雁回一咬牙，掌中捏了一把地上的土，對著清廣真人的眼睛一撒，清廣真人雖以法力擋住撲面而來的沙塵，但手上動作卻遲疑了一瞬。

雁回趁機往旁邊一溜，竄到天曜身邊。她毫不猶豫，作勢便要挖出心口內丹，欲將內丹還給天曜。

天曜見狀雙目一瞠，又驚又怒：「住手！」

清廣真人也是一驚，他雙眼一瞇，身形轉瞬之間便落到雁回身前，雁回周身運起法力，欲要反抗。感覺到雁回運起的氣息，清廣真人眉目一凝，他一抬手打斷雁回運功，絲毫不給雁回反抗的機會，「喀」的一聲，將雁回的胳膊逕直扭斷，雁回手臂無力地垂下，他抬手便將雁回脖子捏住，往空中一提，雁回雙腳離了地，整個人無力得如破布一般垂搭而下。

「妳修的《妖賦》？」清廣的聲音有幾分微妙。「誰教妳的？」

雁回不答，清廣手指指尖收緊。

天曜見得清廣真人這一系列動作，只恨得牙關緊咬，臉上龍鱗乍現，竟欲在此處化出原形。

清廣真人另一隻手不過一拂衣袖，空中無形之力便將天曜死死壓在地上，饒是天曜在他身後化了龍形，也不過只有化形的風將清廣的衣袖與長髮吹動。

清廣真人任由青龍在身邊吼叫掙扎，一眼也未落在他身上。他只對雁回道：「我不喜歡和我動太多心思的人，妳若老實，我尚可留妳一個全屍。」他指尖用力，雁回臉色登時青紫。他唇角依舊帶著微笑，卻沒有溫度。「可妳不乖。」

他指尖收緊，另一隻手落在雁回心口上。

天曜龍嘯之聲徹天，突然之間龍尾掙脫清廣的束縛，橫空甩來，將清廣狠狠地抽開了去。與此同時，清廣真人腰間隨身攜帶的香囊倏地照出一道明媚而刺眼的光芒。

這方天曜剛將落下來的雁回用尾巴捲住，便見那方清廣身側光芒之中忽然顯現出一個人影。帶著風雪之氣，在天曜那一擊之下的力道上又給清廣補上了一擊，讓清廣退得更遠了些。

逆光之中，雁回看見那人的背影有點失神。

凌霄……

他怎麼會在這兒？

「呵……」清廣真人立住身形。「我這徒兒本領大了，連錦囊也困不住你了。」

凌霄並未回答清廣的話，只轉頭對護著雁回的天曜道：「帶她走。」

天曜顯然也是如此想的，他周身氣息已起，清廣真人卻在那方笑彎了腰：「走？凌霄啊凌霄，我所有的弟子中當屬你最為嚴肅——」清廣話語一頓。「也屬你最為天真。」他目光一厲。「你們誰還能走？」

言罷，四周狂風大起，在巨木周圍捲成了一道風壁。天曜只得捲著雁回，將她緊緊護在自己身體之中，不能再挪動半分。

凌霄回頭，眸光涼意重重：「師父。」

清廣真人搖了搖頭：「在你為了你徒弟與我動手之際，我便不敢再認你這徒弟了，削平了辰星山兩座山峰，怪讓人可惜的。」

削平了辰星山兩座山峰？先前妖族得到的消息，說辰星山被妖族人襲擊……原來竟是清廣真人與凌霄打了起來嗎？

凌霄沉默。他素來便是習慣沉默的，在雁回面前不多言，此時亦沒什麼話要說。他隻手一揮，身下立時冰雪法陣大作。

清廣見狀笑了笑：「你的法術都是我教的，先前你便敗給了我，在錦囊中待了這麼多天，你還能贏？」

凌霄不為所動，一眼也沒往後面看，起了法術便撲上前去與清廣戰在一起。

兩人動作太快，身影皆化為流光，在風壁之中四處衝撞，令風壁之內一片法力衝擊激蕩。

天曜隨時觀察著風壁之中的氣息流動，最終發現每一次凌霄被清廣真人打開，他皆是撞在風壁的同一個地方，也就是那一個地方的風力比其他地方要弱許多。

凌霄……是在用自己的身體給他們開闢生路。

雁回被天曜的尾巴緊緊捲住，可她仰頭望著天還是能看見凌霄的身影，他在上面與清廣拚死而鬥。

一如小時候她第一次見到凌霄時那樣，他將她從妖怪手裡英勇地救下。像是天神，恍似謫仙。

「你太纏人了。」清廣真人語氣當中有了幾許不耐煩。「浪費我太多時間了。」他話音一落，四周風壁登時轉得更快，在地上也轉出了許多細小的風刃，開始攻擊天曜。天曜抽身去擋，斜刺裡一股大風卻將他尾巴狠狠一抽，雁回被拋上了空中。

清廣一邊與凌霄纏鬥，一邊斜眼一瞥，甩手便是一記風刃對雁回扔了過去，直取心房。

天曜要去救卻已來不及。適時，凌霄身影一動，絲毫沒有猶豫地將雁回抱在懷裡，風刃撞上他的後背，雁回鼻端霎時便嗅到了鮮血的味道。

雁回雙眸猛地睜大，喉嚨間不由自主地發出了一聲短促的抽氣聲。

抱著她的手立時收緊了些：「不要怕。」

比起安慰，這更像是命令，像是過去十年裡，那無數次在她耳邊響起的話：「認真練。」「不要偷懶。」「不許走捷徑。」

雁回一時間竟莫名覺得鼻間一酸。

風刃的力量極大，「砰」的一聲，凌霄抱著雁回從空中狠狠墜落，落在地上，將大地都撞出了一個凹坑，而凹坑之中，凌霄依舊墊在雁回身下。

他坐起身來，瞥了懷裡的雁回一眼，便站了起來，擋在雁回身前，背脊挺直，儘管他後背之上已經鮮血淋漓。冰雪長劍在手中一凝，凌霄的眸光穿破塵埃，凜冽地望著空中的清廣真人。

儘管鬥不過，可他也沒想過要放棄。

「為什麼護著我？」雁回氣息有幾分弱，她輕聲問著：「你一直都在護著我，對嗎？」

不知是沒聽清她的話還是不想回答，凌霄只回頭用側臉看了她一眼。

雁回一時竟覺得自己有無數的問題想要問他，想要迫切地聽到他的回答：「棲雲真人是你殺的嗎？謀劃仙妖大戰的是你嗎？逐我出師門其實是為了護著我嗎？打斷我筋骨不讓我修煉妖術也是為了護著我嗎？」

她有那麼多的問題想問凌霄，想從他嘴裡得到那麼多的答案……

凌霄一言不發。他轉過頭去，一身仙氣澎湃而出。

「雁回。」他道：「為師從未後悔過收妳為徒。」

雁回瞳孔縮緊。

只見得凌霄周身冰雪之氣纏繞著他，將他化為一柄長劍，他直衝清廣真人而去，決絕得沒再回頭。

空中一片大亮，與此同時天曜龍尾一捲，將雁回周身裹住，帶著她一頭衝撞上風壁之上那被凌霄撞擊得最脆弱的地方。

「不……」

「等等！」雁回失聲大喊：「等一下天曜！」

天曜自是沒有等的，龍角撞破風壁，他帶著雁回破壁而出。而在雁回離開風壁之中時，最後一眼，她只見到在灼目白光之中，凌霄的身形徹底消失在光芒之中。

他以命為祭，只為換她一線生機。

師父……

她最後一聲師父，還沒來得及喊出口……

儘管經歷了這麼多，雁回也想告訴凌霄，十年前，十年間，她也沒有後悔過拜他為師。

天曜破出風壁，龍身捲著雁回狼狽落地，下一瞬間，雁回只聽他們身後一陣巨響。回頭一看，但見清廣真人的風壁已經徹底消散，而清廣真人在空中捂著胸膛，面色蒼白好似受了重傷。

而凌霄……

卻已經沒了蹤影。

清廣真人一轉頭，但見雁回與天曜還在，登時目光一厲，冷笑：「凌霄以為與我拚死一搏，便能救得了妳……」他話音剛落，斜刺裡猛地傳來一記妖力。轉頭一看，竟是妖族大軍舉旗而來，遠處已是一層厚重的妖氣。

天曜眸光一凝，拚盡最後的力氣，一個瞬形，霎時沒入妖族大軍之中，周身氣息登時被四周濃厚的妖氣遮掩。

清廣已是重傷，當即瞇了眼，沒再戰鬥，白光一轉便離開了此地。

當日夜裡，仙妖大戰的消息便通曉天下——修道界於三重山後最堅固的結界被妖龍天曜所破，妖族大軍挺進中原數十里。清廣真人重傷，素影真人與凌霄真人於戰亂之中不知所終。

中原修道界大驚。

妖族之人卻欣喜若狂，無數妖族人自動請求給天曜與雁回獎賞。一時之間他兩人的名字在妖族中被喊得極為響亮。

然而他兩人卻自中原歸來的第二天便閉門不出。

雁回日日枯坐屋中，每時每刻凌霄化劍而去的場面都在她腦中浮現，他那一句從未後悔收她為徒，更是像咒語一樣在她心頭盤旋不去。

她依舊不清楚在她離開辰星山後到底發生了什麼，或說，二十年前……到底發生了什麼。因為即便到了最後一刻，凌霄也沒有將事情透露半點。

可她知道，對於凌霄，她好像一直想錯了……

沒幾日時間，燭離帶來了消息，說妖族的人在中原帶回來一個洗了髓的蛇妖，蛇妖說有重要的情報向諸位王爺稟告，並且還指名道姓提到了要見天曜與雁回兩人。

一個洗了髓的蛇妖？

雁回聽到這消息之後，刷牙洗臉了一番，從小屋子裡走了出去。

見到蛇妖之後，雁回愣了愣：「是你。」

是那喜歡棲雲真人的蛇妖……上一次雁回見到這蛇妖的時候，她才剛被逐出辰星山門，她還是因為他才遇見了天曜。一轉眼，時間好似也沒過去多久，但這期間經歷的事，當真謂言不明，道不盡……

蛇妖見了雁回，面上神色從容淡定。他只對雁回點了點頭，又對她身後的天曜點了點頭：「我是來說辰星山之事的。」

座上儲君皺了皺眉頭：「你一蛇妖，洗髓修仙，而今帶著一身仙氣來與本王說辰星山之事？你且先說說，本王為何要信你？」

蛇妖沉默地看著雁回，半晌後卻是雁回身後的天曜開口：「此人算是舊識，且聽他說說所謂何事。」

堂上沉默，蛇妖這才開口：「銅鑼山與二位一別，我在中原洗了髓，入了仙道，隨即潛入了辰星山，做了外門弟子。此後經辰星山仙人提拔，入了二十八峰，成了內門弟子。」

短短幾句話，不難想像，這期間他的曲折與艱難，或許不比雁回這一路走來少。

「我查明了棲雲真人的死因。」蛇妖此言一出，堂上眾妖一時幾分躁動，因為在場除了天曜與雁回，並沒有誰確定棲雲真人是死了的。蛇妖並不理會其他人，只望著雁回道：「棲雲確實死於凌霄之手，然而罪魁禍首卻並不是凌霄。」他眸中沉有寒光。「是清廣。」

「數月前，素影奉給清廣一顆九尾狐妖內丹。」

眾妖譁然，儲君眸色一沉，不用說大家也知道那顆九尾狐內丹是誰的——雲曦公主。

素影還真是……一點也沒浪費落入自己手中的妖怪……

「清廣得到內丹之後，在辰星山召開仙門大會，眾多仙門掌門盡數到場，而那場宴會的真正目的，卻是為了給清廣真人清除異己。那時清廣便想要再次發動仙妖之戰。」

「為什麼？」雁回不能理解。「五十年的和平來之不易，他為何要親手毀掉？」

蛇妖神色淡漠：「想一想你們辰星山的心法，還有你們師父是如何教門徒的，想要仙妖和平，會說妖即是惡嗎？」

雁回心頭一怵，多年來辰星山師父對徒弟的教導方式，還有仙門弟子們對待妖怪的態度，一下出現在她的腦海裡，順著蛇妖的話往下細細思考，若是有人故意以此來教育修仙弟子，這……豈不也是時時準備戰鬥的一種信號嗎？

這個想法越往細裡想，便越發讓雁回覺得膽寒。

其實……清廣真人要的不是五十年和平，而是五十年休整備戰……

「棲雲身為三大仙門掌舵者之一，並不同意清廣的做法，而那時，清廣已經閉關，借九尾狐內丹修煉功法。事情由凌霄出面與棲雲商議，最後棲雲與凌霄爭執，素影當即欲除棲雲以絕後患，最後是凌霄與素影聯手打傷棲雲，凌霄對棲雲施以咒術，讓其忘記過去成為痴傻之人，這才讓素影饒過棲雲一命。」蛇妖頓了頓。「卻不曾想，最後卻是我們讓棲雲想起過往，致使咒術發作……」

堂上眾妖都聽得暈乎乎的，但雁回卻理得十分清楚，是清廣為幕後主使，而在交代事情往下做的時候，素影要殺棲雲，而凌霄選擇放棲雲走。

雁回呆了許久：「這些事……你是怎麼知道的？」

「前幾天，收我入內門的辰星山師父死在戰場上，嚥氣之前他將這些事告訴了我。當時他在山石之後醉酒小憩，無意間撞到凌霄、素影對棲雲真人做的事。適時素影也欲殺他，也是凌霄保住了他的命。他此生本不欲將這些事道與外人，但始終覺得虧欠棲雲，虧欠心中道義。」

蛇妖不管雁回神色如何，只繼續說道：「你們若不信我的話，大可對比一下在辰星山宴會之後發生的事。那之後中原大量捕殺狐妖，據說是江湖門派欲以狐妖之血，煉丹供達官貴人使用。」

這件事雁回是親歷過的，前因後果她也比誰都明白。

「捕捉狐妖之後，修道者將狐妖們的內丹剖取，盡數運往辰星山，而到辰星山之後，內丹的去向卻無人可知。那是因為，內丹都進化成了清廣的功法，助他精進，更上一層樓。」

「然而仙妖之戰卻提前爆發，清廣修煉正值緊要關頭，閉關不能出，需要以大量妖怪內丹幫助。於是素影率人突襲三重山看守的妖族，剖取其內丹。」

是的……

每一件，每一樁，都能對上……

「然而前不久，卻是不知為何，凌霄自外歸來後，忽然突襲閉關之中的清廣，致使清廣功法未得大成便被迫出關。」

雁回知道凌霄為什麼突然這樣做。

因為那之前，她被素影擄走，凌霄將她從素影身邊救走之後，他要她去海外仙島避難……他想要她……保住心口內丹，他知道清廣要取她的內丹，所以他讓她逃，讓她躲。但她……

不肯去。

所以凌霄去了，他去突襲自己的師父，去與清廣拚死一戰，為了保護在遠方什麼也不知道的、倔強又固執的她。

在凌霄要她去海外仙島的時候，雁回還問過凌霄：「真人你還會在乎自己的徒弟嗎？」

他在乎嗎？

他在乎的。

即便到了最後，他拋卻一切不去解釋，卻只說一句，從未後悔過收她為徒。即便她以前迷濛不清地喜歡過他，愛慕過他，讓他蒙羞，讓他難堪，做了那麼多讓他傷心的事，說了好多傷人的話。

可他沒有後悔過收她為徒。

雁回一時有幾分站不住腳，身後的天曜默默撐了一把，這才將她扶住。

接下來蛇妖還說了什麼，雁回已經一句也聽不進去了。她耳邊嗡鳴一片，只渾渾噩噩地被天曜扶回自己的房間，關上房門前都未曾看過天曜一眼。

她能感受到天曜的目光一直停留在她臉上，有擔憂，有沉默的隱忍，但她卻沒辦法命令自己的嘴對天曜說「沒關係，我沒事，別擔心」。

她失神得控制不了自己的身體、動作，甚至表情。

雁回直挺挺地走進房間，愣神到直接撞在了前方的書架之上，書架一晃，整個往她身上倒來，斜刺裡一隻手將整個書架撐住，讓它回到原位，但架上的書還有擺放裝飾的花瓶卻全部落了下來。

「劈里啪啦」一陣破碎凌亂的響聲。

雁回下意識地一垂頭，卻在雜亂的書上看到緩緩飄下的一封書信，信封上寫著大大的「雁回啟」三字，而在下方，用朱砂款落了兩個細小的字——

「千朔」

鳳千朔……

雁回混沌的腦子裡忽地闖入了一個場景，當日她與鳳千朔約定，她助鳳千朔將弦歌帶走，而在事成之後，要鳳千朔將凌霄的圖謀全部都告訴她。

鳳千朔答應了。

然後……

這便是他寄來的信？這信裡便是凌霄的……全部？

雁回脣角一抿，幾乎是迫不及待地跪了下去，也不在乎自己的膝蓋是否磕在下方破碎的瓷器之上，被刺穿了皮肉，流出鮮血。

天曜心頭一凜，伸手便要將雁回抱起來，卻見看著書信的雁回，渾身不可抑制地顫抖，她的臉色也一寸一寸變得煞白……

時至今日，雁回才發現，原來以前的自己竟然忽略了那麼多問題。

其中最重要、最根本的一個便是：她有天曜的護心鱗與內丹，可這兩樣東西是怎麼到她身體裡來的呢？它們不會是被天曜打飛之後直接飛進她的心房的，這個世上，哪有那麼巧的事……

「天曜，你知道嗎……」雁回坐在床上，天曜將她褲子捲了起來，幫她夾出扎進膝蓋裡的一塊又一塊碎片，聽得雁回讀完信後失神的問話，這才抬起頭來看她。

雁回雖然眼神落在他身上，目光卻不知透過他看去了哪個地方，那麼灰敗又無神，她只是在無意識地呢喃，無意識地找人傾訴。

「你的內丹、護心鱗還有我這條命，都是師父撿回來的。」她道：「二十年前，是他把你的內丹與護心鱗放進了快被母親拋棄的我的胸膛之中。他救了我一命，他一時動了惻隱之心，救了我一命……」

她想到哪兒說到哪兒，邏輯混亂，但並不妨礙天曜聽懂她的話。

「二十年前你與素影、清廣一戰，清廣維繫陣法，素影分你身軀，你將內丹與護心鱗拋出，凌霄也在場，清廣便命他去尋，他尋到了。在回程路上遇見因為天生心臟缺陷而即將被母親拋棄的我，他以護心鱗補我心上缺憾，以內丹維繫我生命……」

雁回想起很久之前，在她很小的時候，她那酒鬼父親就經常念叨她「有福，運氣好」。當時雁回並不懂，她只道自己攤上這麼個酒鬼父親，實在不幸。

可現在她明白了，她父親說得對，她是有福的，她是運氣好的。

因為她明明快要活不成了，卻有仙人路過，施予恩澤，救起了偶遇的她。一如十年之後，凌霄再來她那村子除妖，救下了什麼都不懂的她。

然後見她隨著年齡增長，心中的天曜內丹已有妖氣滲透，他便再動惻隱之心，收她為徒，教她仙法，遏制心中妖氣。讓她十年間，即便身在辰星山也依舊未被清廣看出端倪，沒有被挖出心臟，沒有悽慘喪命。

免她顛沛流離，護她安好無虞。

凌霄說過的話，他都做到了。

他傷了棲雲真人，是因為想要救她性命。

他謀劃仙妖大戰，是因為他要從中作梗。

他鞭打她九九八十一鞭，是因為修煉妖法會致使她心中的天曜內丹復甦，龍氣四溢後，素影與清廣見之則會取她性命，而他怕自己保不住她……

他知道雁回知曉這些事情之後會有多傷心，所以從頭到尾，都閉口不言。他一直都是那個即便除妖，也心懷慈悲的仙人，從來都將溫柔藏於心底，即便到死也獨自背負所有。

雁回死死地握緊拳頭，直到掌心被指甲挖破皮肉，流出鮮血。

天曜沉默地將她膝蓋包裹上，抬頭看見雁回的手心，又看了看雁回發怔失神、滿是頹然的目光，他說不出安慰的話。抬手想要握住包裹雁回的手，給她哪怕一星半點的溫暖，但卻發現自己竟然……無法握住雁回的手。

他羞於去觸碰她，因為他從未有過如此深沉的挫敗感。挫敗來自與清廣相鬥時，他的無力，也來自現在他完全無法觸及雁回的內心。

他甚至覺得此刻在雁回面前，與那個默默為雁回做了那麼多事的師父相比，他實在無能又……

卑劣。

是的，卑劣。

一開始一心一意圖謀雁回心口護心鱗與內丹的是他，將雁回當作破陣工具隨意取血的是他，騙雁回她心頭只有護心鱗的是他，誘使雁回學習妖術妖法的也是他。

這一路以來，他算計她，利用她，使她陷入危及生命的困局當中。

可雁回卻總是義無反顧地救他、護他、守著他。

他對雁回什麼事都沒有做，此時甚至笨拙得連一句安慰話也無法說出口。

這樣的自己，有什麼資格去觸碰雁回呢……

「天曜……」雁回捂住臉，疲憊而頹廢。「你讓我一個人待待吧。」

是，他得讓她一個人待待，因為就算他在雁回身邊，也依舊什麼都做不了。

走出屋子，將房門輕掩，在門扉完全合上之前，天曜忍不住回頭悄悄往屋內看了一眼，卻見方才就算聲音沙啞到極致也沒有哭出來的雁回，此時在空無一人的房間裡，捂著臉，雙肩微微顫動。

「喀」的一聲，房門合上，天曜垂著眼眸，一時間只覺心頭對自己的無力的怨恨，遠遠超過二十年前被素影背叛的時候。

他握了握拳，身形轉瞬行至青丘王宮，在青丘國主所居的巨木之前，天曜被看門的狐妖攔住去路。

在狐妖開口之前，王宮的大門便「吱呀」一聲打開，青丘國主的聲音從裡面傳了出來：「讓他進來。」毫無意外，像已經料到天曜會來找他一樣。

步入青丘王宮之中，天曜看見坐於王座之上的國主，只見外面的陽光照射在他所在之地，一時之間竟讓青丘國主的面容變得有點模糊。他在陽光之中，好似隨時都會羽化仙去一般。

天曜開門見山道：「五十年前，你與清廣一戰，可知他能力如何？」

青丘國主倒也不避諱，逕直道：「沒有內丹，你無法與之相爭。」

天曜拳心一緊：「只除了這個。」他道：「有無其他方法，或者，你我共同……」

這次青丘國主只輕輕擺了手，打斷天曜的話，他起了身，緩步行至天曜身前：「你可知五十年前，為何是妖族退居三重山外西南偏僻之地？」

青丘國主此言一出，天曜驀地沉默下來。

五十年前傳言雖是青丘國主與清廣真人相爭，兩敗俱傷，不分高下，然而事實卻是……

成王敗寇。

「五十年前一戰，清廣亦是重傷，修道者們也無力繼續，於是分山而居，暫守五十年和平。」青丘國主道：「我聽聞此五十年間清廣藉助內丹修煉，輔以辰星山靈氣，想來功法更是精進非常。而青丘偏居西南，靈氣匱乏，五十年時間，於我而言雖不算長，但於功法修煉之上，卻足以拉開許多距離。」

青丘國主頓了頓，轉而望向天曜：「清廣所修功法，五十年前便已需要大量內丹來做支撐，而要成最後一重，方需得極強大的內丹才能練成。五十年前，你可知為何清廣甚至願意冒險來取我內丹，而不曾打過你的主意？」

五十年前，天曜雖在仙妖大戰當中未曾出現過，但清廣若要找他，也並非找不到，清廣卻選擇招惹青丘國主也未曾來尋孤身一人的他……

天曜垂眸片刻，想起那日與清廣的短暫交手，眼底眸光微動：「他五行為木，修的木系法術。」

而天曜天生五行為火，修煉千年，龍氣之中浩渺之氣灼熱非常，正是清廣天生的剋星。

「這世上再無一人，如你這般適合與清廣一戰。」青丘國主道：「若是五十年前，沒有那廣寒門風雪法術牽絆，你與清廣相鬥，清廣必輸無疑。」

可五十年前，天曜並無心參與世間爭鬥。他修煉了千年，世間何等戰亂烽火未曾見過，他當時只不過一心修行，等待有朝一日飛升上界，只道這世間事，與己無關。

「妖龍天曜。」青丘國主行至天曜身前，抬手輕輕指了指他的心。「可這一切，需要你的內丹。」

天曜垂眸：「只有這個……不行。」

青丘國主便也沉默地收回了手。

「其他任何辦法都可以。」

青丘國主默了一瞬，最後才道：「若是自己沒有內丹，那便找別人的來替代吧。青丘以南，有一魔窟，其中乃是魔蛇一族的老巢，五十年前他們未肯順服於我青丘一族，五十年間我族數次征討枯石森林，未臣服者皆誅之，至今只留其蛇王苟活於錯綜複雜的魔窟之中。他的內丹，應當與你相符。」

天曜聞言，沒有猶豫地點頭：「我去取。」

「那蛇王奸惡狡詐，饒是我幾個兒子也拿他沒有辦法。魔窟之中更是險惡非常，你沒有內丹，不一定能鬥得過他。」

天曜轉身離開，只在大殿當中輕淺地留下了一句話：「若連他都鬥不過，我也不用回來了。」

青丘國主望了他背影一眼：「先將腳治好再去吧。」言罷青丘國主便消失了蹤影。

天曜在出門之前頓住了腳步，小腿上有撕裂的疼痛，這疼痛在從中原回青丘之後便一直存在著，是那日天曜被清廣真人壓在地上之時斷掉的骨頭。清廣真人造成的傷始終有法力在上面纏繞。

這幾日他陪著雁回而忘了處理自己的傷，別人也忘了注意他……

自冷泉回歸住處，天曜繞行至雁回院門前，往裡望了一眼。他本不打算進去，卻見幻小煙和燭離兩人趴在雁回窗戶往裡面望。

燭離問幻小煙：「妳的幻術頂用嗎？」

幻小煙此時已是亭亭玉立一少女，與少年燭離趴在窗臺上，倒有幾分青梅竹馬的感覺。幻小煙聽聞燭離的質疑，不服氣地哼了一聲：「我已經變得很厲害了好不好，光論幻術，我說不定能迷惑你們國主呢。我現在施的幻術，讓主人回到最開心的時候，她一定會在夢裡休息得好好的。」

「妳讓她夢見什麼了？」

忽聽天曜的聲音出現在身後，趴在窗戶上的兩人都嚇了一跳，幻小煙一看見天曜嚴肅的表情便有幾分發怵，她下意識地往燭離身後躲了躲：「就……那些很久以前，主人被那個凌霄真人背回辰星山時的場景啊……在樹林裡走著，旁邊還有她大師兄陪著走……」

天曜默了一瞬。

「我們走了，不吵主子美夢了。」言罷，她拽了燭離便一溜煙跑了。

天曜靜立了一瞬，終是邁開了腳步，推開房門，入了雁回的房間。他在雁回床榻邊坐下，藉著窗外月光看清雁回的臉，她好似真的夢見了很美好的事，唇角微微勾著，蒼白了一天的臉上終於有點血色透出。

在夢裡，她很安心。

天曜忍不住將手放在她心口之上，那處的護心鱗與內丹與他相互呼應。他胸腔裡的心臟與雁回一時跳動到同樣的頻率上，閉上眼的一瞬間，天曜腦海裡也出現了雁回夢裡的場景。

雁回被凌霄背著，她乖乖地趴在凌霄的背上，腦袋搭在他肩膀上，任由他背著往前走。而在他們身側，是少年的子辰，一路跟隨，只要雁回側過頭，子辰便在旁邊對她溫和地輕輕一笑：「師妹，就快到辰星山了。」

雁回沒有應聲，子辰也不怪她。

他們從樹林裡一路向前，好似在走一段走不完的路，前面綠色的樹，棕色的大地都慢慢淡去顏色，只在一片白光之中不停地前行。

天曜抽回手，睜開眼睛，腦中場景登時消失。夜依舊靜謐，雁回躺在床上，她彎起來的眼角處微微溼潤。

天曜蜷了手指，在她眼角處輕輕一抹，將淚水抹去。

他站起身來，出了房門，獨自在院裡站了一會兒。月光落下，將他身影勾勒得形單影隻。

第二天雁回醒過來的時候，幻小煙正趴在她的床邊：「主人，妳睡得好嗎？」

雁回這才回神，自己方才所見皆是夢幻泡影。她默了一瞬，坐起身來：「夢很好。」

幻小煙高興道：「那我今晚繼續給妳布置幻境好不好？昨天妳在夢裡很開心。」

雁回想了一會兒卻搖了頭：「不要了。」

「為什麼？」幻小煙很不能理解。「以前我想讓妳在夢裡夢見妳大師兄妳也不幹，明明那樣可以讓妳輕鬆一點啊……」

因為夢裡越是美好，醒來之後現實帶來的落差便越是強烈。雁回起身下床：「我會緩過來，只是要一段時間。」

她剛穿好鞋，門口燭離已疾步踏了進來：「有個辰星山的女弟子來找妳。」燭離道：「以前來刺殺妳被捉的那個。」

雁回一愣。

子月……

她怎麼也沒想到會在這時候見著她，一身狼藉滿臉狼狽，再不像在辰星山的時候驕傲的師姊的模樣，她眼眸沉凝，帶著比以前厚重許多的渾濁。

見了雁回她沒有笑也沒有鬧，只看了雁回許久，就像雁回在打量她一樣。

「妳怎麼來了？」雁回問。

「我知道師父死了。」

雁回拳心一緊，心痛的瞬間，她也猜測到子月的來意，啞聲道：「不管妳信不信，師父不是我殺的，與天曜也無關，是——」

「清廣。」子月垂眸。「我知道。」

雁回一愣，但見子月從衣袖裡拿出一個短小的卷軸，遞給雁回：「師父去後的消息傳回辰星山，我們弟子幫師父收拾房間的時候發現了這個。」

雁回接過卷軸，輕輕打開。

「這是清廣需求大量內丹的時間，從二十年前到現在。」子月道：「我初時並不知曉這是什麼，將它交給重傷歸來的清廣，卻險些當場喪命。是師妹們拚死相救，我得以逃出辰星山，路上有七絕堂的人告知我師父十多年來的謀劃……」

雁回更是怔神：「七絕堂的人……為何會這般？」

「此段時間妳不在中原，所以不知曉。關於辰星山仙尊以妖物內丹修煉法術的消息已私下在江湖傳開，眾修道者們皆是惶惶，即便初入門者也知，以妖物內丹修煉者乃是邪修一途。只是眾人礙著仙尊所在，不敢在辰星山說罷了，我先前亦是無比相信仙尊，直到如今這事……」

七絕堂在凌霄死後，以流言的形式慢慢將清廣所做之事公之於眾。用流言這樣的方式，實在不可謂不狠……

流言能給傳播者們誇大的空間，比起正大光明地公之於眾，這樣偷偷地洩漏一星半點資訊，再讓人去猜的方式，對在流言中被議論的人來說，傷害才是最大的。清廣真人一人之力再大，也掩不住悠悠眾口。

邪修之名一旦坐實，只怕清廣便是有通天本領，也成孤家寡人一個……

雁回倏地明白，凌霄扶持鳳千朔，插手江湖事宜，原來早就為了與清廣真人撕破臉而做好了布局。

這麼些年來，凌霄雖然除妖，但依然固守本心，他自始至終未曾認為妖即是惡。凌霄不僅想救她這個徒弟，也想救別的徒弟，他始終是個心懷蒼生之人。

「這卷軸記錄清廣吸食內丹的時長，路上我已對照過許多次，每一次在那時間附近，皆有大量妖怪被誅殺。而且每次需要內丹的時間越來越近，從先前兩年一次，到最近兩月便需要一次。」子月眸色沉重。「照此推算下一次也快了。每次使用內丹，清廣必會閉關，在他閉關之前，那段時間是最為虛弱之時。」

雁回抬頭，眸光緊緊盯著子月：「下一次時間，妳推算出來了？」

「粗略估算，下月廿七。」

還有二十來天……

雁回合上卷軸，轉身便出了門，抬手將卷軸交給燭離：「讓人再去仔細核算一下卷軸上的時間，務必推斷準確。告訴儲君這段時間攻勢收緊，戰場之上若有死傷，盡量帶回，不要讓仙人將妖族戰士內丹剖去。」

不過轉念一想，中原對清廣用內丹行邪修之事越傳越廣的話，戰場之上願意剖取妖怪內丹的仙人也會越來越少吧。

現在清廣被凌霄重傷，回去調息必定也需要大量內丹，只要能有效控制住內丹的數量，便能拖延清廣的傷勢，甚至影響他下一次功法精進。若彼時進攻，或許是除掉清廣的最佳時機。

凌霄想護這蒼生，他沒做完，那她便來幫他做完。

燭離聽得雁回的話，愣了好一會兒才反應過來，拿著卷軸走了。

雁回覺得沒時間沉浸在自己的情緒當中了，凌霄救她也不是為了讓她因為他的死而終日哀哀戚戚。他犧牲了這麼多是為了換得她勇敢地活下去。

雁回轉頭望向子月。「師姊。」她道：「謝謝妳能來。」

子月默了一瞬：「雁回，妳知道以前我為什麼不喜歡妳嗎？」

雁回沉默，等著她繼續說下去。

「因為即便在那麼狼狽地被趕出辰星山的那天，妳也半點沒讓討厭妳的人感覺半分喜悅。那日辰星山山門前師父從妳手中救下我，妳走後我向師父告狀，雁回沒心沒肺，待了十年，走的時候卻頭也不回。」說到那日的事，子月眼眶微紅，但脣邊卻微微帶著笑意。「師父素來少言，但那日卻對我說，這就是雁回該有的模樣。」

堅強的，倔強的，一直挺直背脊，就算獨自一人也能好好把未來的路走完。

凌霄希望的，是讓她做這樣一個人。

心口猛地縮緊，雁回垂頭笑了起來：「我不會辜負師父的期望的。」

與子月談罷，雁回出了門，猛地吸了一口外面的空氣。幻小煙蹦躂到雁回身邊，繞著雁回看了兩圈：「主人妳看起來要精神一些了。」

雁回點頭：「我會更精神的，一天比一天好。」她一轉身，這才倏地覺得身邊有點不對勁，愣了一會兒，然後才問幻小煙。「天曜呢？」

幻小煙正拿著饅頭啃，聽了這話，眨巴了兩下眼睛：「天曜昨天沒和妳說嗎？」

「什麼？」

「我今早聽人說的，他去青丘南邊的魔蛇窟裡抓蛇王了，要去挖蛇王內丹呢。」幻小煙見雁回怔神，她不解。「昨天天曜不是去了妳的房間嗎？我看見他在妳床邊坐了好一會兒呢，都沒叫醒妳和妳說這事嗎？」幻小煙兀自嘀咕著。「聽說那蛇王好厲害的，修了五百年呢，青丘的王爺們都拿他沒辦法的……」

話音未落，眼前的雁回已如一股風一般馭劍而去。

謹心

第二十一章

緣盡心滅

青丘以南，森林廣袤，參天大樹比比皆是，林間幾乎完全被遮蔽了陽光。雁回在空中全然尋不到那傳說中魔窟的蹤跡，只好入了林間，貼著地面找。

雁回心急找得匆忙，正在無處可尋之際，忽然之間，但聽遠處傳來一聲巨響，大地隨之一震。雁回心頭一凜，立即往那方尋去，可尚未走出去多遠，大地便顫得更加厲害了，像是遠處製造震動的東西往這邊奔來一樣，雁回幾乎站不住腳。

面前一塊大地忽然間被拱了起來，大樹的根部翻倒，整棵樹從地下被頂了出來，但見一個巨大的黑色妖怪從下面旋身轉出。雁回定睛一看，竟是一隻九頭蛇妖！

只是牠的九個頭已有三個頭不知蹤影，每個蛇頭都在痛苦地吐著芯子，渾身皆是鮮血。

腦袋一轉，六個尚餘的腦袋齊刷刷地盯住雁回，一聲嘶鳴，那九頭蛇逕直衝雁回而來，張嘴便要吞掉雁回。

雁回初時驚愕一過，立時鎮定下來，雙腳站穩凝聚內息，所學《妖賦》心法在身體裡輪轉了一個周天，她一揮手一個火球逕直向九頭蛇砸去。

九頭蛇不避不讓，其中一個頭硬生生地將雁回這個火球吞了下去。而另一個頭已經轉眼竄到雁回面前，張大了嘴，血盆大口，獠牙森森，口中腥臭氣息令人聞之欲嘔。

雁回眸光一凝，正要拚死一搏之際，只見頭頂火光一閃，一道身影如流星墜下般攜帶著雷霆萬鈞之勢，從上至下，一劍貫穿蛇頭，將牠上下大張的嘴一劍穿下，生生封住。來人立於雁回面前，周身妖氣震盪開來，登時將蛇妖推出十丈遠。

雁回尚在愣神之際，便見天曜眸中血光一閃，飛身便已追了出去，在十丈開外的地方與九頭蛇戰了起來。九頭蛇渾身毒液纏繞，六個頭不停揮舞，終有一個看準機會一口咬住天曜，將他往嘴裡一帶，連人帶劍整個吞了進去。

雁回腦中一片空白，正要上前去救之際，卻見得那方九頭蛇的腹中倏地一道火光破出，九頭蛇悽慘一叫，登時被炸成了漫天粉末，徹底消失。

塵埃之中，那方的一切看起來都極為模糊，只有一柄長劍在裡面忽閃著光芒。

「天曜……」

雁回失神地上前一步，卻聽那塵埃之中有腳步一聲一聲沉穩踏出，破開塵土。天曜一身是血，踏了出來，他左手無力地垂搭下來，有血水順著指尖滴答滴答落下，他右手手中火光長劍漸漸消隱，掌心之中還有一點光芒在微微閃爍。

是九頭蛇的內丹。

雁回哪有心思去關心內丹的事，她疾步跑到天曜的面前，心急地開口：「傷得如何？」

天曜沒有說話，直到雁回在他身前站穩，他的身子才微微往前一傾，雁回下意識地伸手抱住了他，支撐著他站立。耳邊聽得天曜粗重的呼吸，鼻尖嗅得到他身上的血腥味與蛇毒的腥臭，雁回此刻感覺到……

心疼。

無比心疼。

天曜隻身來取內丹的原因，雁回很明白。若非不能拿回在自己體內的內丹，天曜何須如此。

他本應該是遨遊天際，稍一動怒便天下皆驚的人物啊。

「雁回。」天曜在雁回耳邊輕輕一笑。「妳又來了。」他抬手摸了摸她腦袋，三分溫柔三分感慨，還有更多隱藏著的情緒，他道：「不要為我拚命，我會保護妳。」

肩上的頭微微一沉，天曜暈了過去。

雁回默了一瞬，有些重地拍了一下他後背，喉頭一哽：「先護好你自己再說吧。」

清水岸邊，雁回先給天曜洗了臉，再將他外衣扒下在水裡清洗。她正洗得嘩嘩作響，後面的天曜醒了過來。

他微微睜開眼，見得雁回在陽光之下，只專注於清洗手中的衣物，偶爾濺起的水珠落在她臉上，她抬手擦去，神態自然，沒有頹廢，沒有失神，眼神中也無凌霄死去後縈繞不去的哀戚。

一時間他恍似有一種錯覺，他們只是這茫茫世間裡一對平凡夫婦。最好雁回每天最愁的事情就是今天不想洗碗，明天不想做飯，過著普普通通的稍微懶散一點的生活……

許是身後的目光太灼熱，雁回回頭望了一眼，然後愣了一瞬，問天曜：「幹什麼？你為什麼要用這麼慈祥的眼神看我？怪瘆人的。」

天曜咳了一聲：「為何要幫我洗衣服？」

「你被那九頭蛇吞進肚子裡了，然後再炸出來，一身味道……不幫你洗洗，怎麼扛回去啊。」

天曜點點頭，便默了下來。

雁回提起衣服擰了擰，然後掛在一旁的樹枝上，藉著太陽大，把衣服晾乾。她弄好了衣服便到天曜身邊坐下。

雁回手臂輕輕貼著他的手臂，也沒說話，就這樣靜靜地坐著，聽著溪水流聲，看著天上偶有鳥兒飛過。

天曜終是沒憋住，問：「妳怎麼來了？」

雁回開口便道：「我在夢裡夢見師父和大師兄了，那是他們帶我回辰星山的時候，那是我人生最幸運的時候。師父背著我，大師兄怕我想家，於是在旁邊生澀地講並不好笑的笑話逗我。」雁回說著自己笑了出來。

天曜眼眸一垂，卻還是配合著雁回的話笑了笑。
「我真希望那條路能一直走，永遠沒有盡頭。」雁回頓了頓，手臂靠天曜更緊了點。「可是有人告訴我，天曜被人欺負了，然後我就醒了。」
天曜一愣，待得反應過來這句話的意思，他眸光一亮，轉頭看雁回。可雁回卻腦袋一偏，靠在了他肩頭上：「後面半段是編來騙你開心的，並沒有這回事。」
「……」
聽雁回說話，他的心情真是跟受重傷時駕雲一樣……起起伏伏……
感受到天曜身體有些僵硬，雁回像惡作劇成功的小孩一樣笑了出來：「不過，一想到你還在等我從夢裡面走出來，我一瞬間就再也不想去作那樣的夢了。一想到，我所做的事會傷害到那個叫天曜的大龍，我就覺得自己真是太可氣了。」
雁回伸出手，將天曜的手抓住，十指相扣，道：「明明我說過要守護你的。」
「雁回……」
「你先聽我說。」雁回道：「與師父相處的這十年歷歷在目，那些回憶任何一個片段都可以讓我心裡坍塌一大塊地方。對我來說，凌霄是我心頭的十年，他是我師父，是我敬仰的人，是我仰慕過的人，而這樣的人為我丟了性命……這兩天，我沉浸在痛苦與哀戚當中，走不出來。」她頓了頓，坐正了身子，望著天曜。「可是我知道，終有一天我會走出來。」
人本就是那麼堅強的動物，傷口會癒合，痛苦也會過去。

「我能自己走出陰霾，但需要一點時間。天曜，你願意在這段時間裡，陪著我嗎？」

天曜聞言半晌未答話，直到雁回開始懷疑天曜是不是在她剛剛講話的時候走神了，天曜微微彎了脣角，竟是……笑了。

雁回看著他真心實意的笑容，忽然有點無語：「我剛才……是講了什麼笑話嗎？」

「很可愛。」

「什麼？」

於是天曜便又說了一遍：「雁回，妳一本正經地說這樣的話的時候，很可愛。」會讓他心動，會令他失神。

雁回聞言，也是一愣。她咳了一聲，掩飾自己的臉紅：「你說吧，剛才想說什麼？」

「妳握住我受傷的手了。」

雁回呆住，隨即垂頭一看，這才發現自己與天曜十指相扣的竟是他受傷的左手。她心下一疼，又覺大窘，連忙要放手：「痛你倒是說啊，憋著我能知道你痛嗎……」

話沒說完，手沒抽開，天曜就著受傷的手將雁回往前一拉，讓她倒在自己的懷裡，然後伸手抱住。

雁回怔愣了許久，隨即臉頰慢慢燒了起來。

她與天曜之間，雖然互相說過喜歡，但親密的動作卻鮮少做。他們好似習慣了做朋友的那種方式，平日裡別說擁抱，連牽手也很少。

時局如此，他們在這之中本沒心思去思考兩人的關係，直到此刻天曜這一抱，雁回才恍覺，她和天曜，平日裡過得實在太過純情……

天曜將雁回抱在胸口不似以前月圓之夜時的窒息擁抱，也不似上次他誤以為雁回身亡之後的驚喜交織，只是輕輕的，脈脈長情如涓涓細流，這是他們之前從未有過的溫存。

「雁回，妳的問題問錯了。」

雁回一愣：「什麼？」

「我願意為妳做任何事，只要讓我陪著妳。」

啟程回了青丘，天曜帶著九頭蛇的內丹找到了青丘國主。雁回也跟隨而去，她倒不是為了其他，只是想問青丘國主一個問題。

「天曜可以煉化九頭蛇的內丹，那我和天曜可以交換一下嗎？」

回來的一路上她都沒與天曜提過關於內丹的任何話題，直到此刻天曜才聽到她的想法，不由得有些失神地看著她。

「我把內丹還給他，以九頭蛇內丹續命。」雁回道：「這豈不是兩全其美之道？」

「不行。」天曜立即肅容拒絕。「有危險。」

雁回還待與他爭上一句，上座的青丘國主便道：「九頭蛇生性殘暴，生前作惡多端，修煉功法也是邪氣非常，渾身帶毒，妳用牠的內丹續命，即便成功也會終身被其劇毒纏繞。更遑論九頭蛇內丹，根本不足以維繫一個人的生命。妖龍內丹乃天下至寶，何以這般容易便能找到替代之物？」

青丘國主話音剛落，天曜便強勢道：「此事不可再想。」

雁回默了一瞬：「那你呢？」她道：「九頭蛇內丹滿是劇毒，那你呢？你要把這樣的內丹放進自己身體裡嗎？」

「沒有內丹我亦能活命。」天曜道：「只需撐過與清廣一戰，我便不需要它了。」

雁回唇一抿。不再給她多說的機會，天曜便轉頭對青丘國主道：「我此來是為詢問國主，五十年前你與清廣一戰，可知他所練功法當中有何弱點？」

青丘國主眸光微一沉凝：「時間。」

天曜靜待後文，卻聽得身邊雁回道：「下月廿七，是他最弱的時候。」

聽聞雁回的話，天曜有幾分驚訝。雁回對於方才天曜的強勢雖有些不滿，但還是撇了撇嘴道：「子月從辰星山逃來青丘，她送來了師父所記載的，這二十年來清廣每次需要大量內丹提升修為的時間，每次在吸食內丹之前的那天，他的功法是最弱的時候。在那時一舉攻之，或可斬殺清廣。」

天曜眸中微光一凝：「如此，我便不再耽擱，內丹放置於身體後，我尚且需要一段時間適應。」

他轉身要走，青丘國主道：「先前雁回所拿《妖賦》，你且好好研究一番吧。」

天曜回頭，雁回亦是不解。

「清廣所練功法，便是《妖賦》。」

此言一出，雁回、天曜皆是大驚，雁回想起那日在巨木旁一戰，清廣確實在她面前語氣微妙地提到過她修《妖賦》之事，原來……

清廣真人居於辰星山，修的竟不是仙，而是妖嗎！

他竟然是以人身修妖道，與雁回……一樣！

此事實在太過震驚，雁回愣然了好半晌才開口：「既然如此……那《妖賦》此書為何卻在青丘之中？而我……此後也需要吸食內丹，方才可以修煉功法嗎？」

「妳所拿《妖賦》乃至第九重而止，在這範圍內，《妖賦》皆與尋常功法並無二致，而若再往上行，便如清廣一般……」

天曜眉頭微皺：「往上還有幾重？」

「至頂十二重天。」

天曜聞言，眉頭蹙得更緊了些。雁回尚且記得當初天曜看《妖賦》之時，便說這功法沒有寫完，可當時他推斷往上延伸也不過只到十一重，原來竟還有十二重嗎……

兩人沉默不言，聽青丘國主道：「越是往後，此功法便越是難練。五十年前清廣欲取我內丹，便是需要以至強內丹之力衝破最後一重功法，二十年前欲取天曜內丹亦是如此。而至今，他依舊未曾修得最後一重。」

清廣只修到第十一重便如此厲害，若讓他真的完全練成了此功，那豈不是這天下再無人可攔他了嗎？

王宮內靜默了許久，天曜終於開口打破了沉默：「國主為何對《妖賦》之事如此清楚？」

青丘國主半晌無言，在雁回以為他並不會回答這個問題的時候，青丘國主忽然道：「《妖賦》一書，乃我逝去愛妻所著。」

青丘國主的夫人……

便是那位傳說中國主摯愛的凡人？最後年老色衰，在他面前舞罷最後一曲後，煙消雲散的女子……

那不是個凡人嗎？

看見雁回怔愣的眼神，青丘國主淡淡道：「內子與我初相逢之時，她並非普通凡人，乃是與如今清廣這般，修煉《妖賦》至第十一重，苦苦沒有突破。她遇見我時，本欲取我內丹，而後卻為了我，甘心捨棄一身修為，變回普通凡人，享百年壽命，最後化身塵土，還於天地。」

寥寥幾句，將他們的故事道盡，其中滋味或許只有青丘國主自己能品嘗。但不難想像，那曾經的國主夫人是怎樣一個女子。她為青丘國主捨棄了那麼多，也難怪青丘國主能將她記憶那麼多年，至今依舊稱呼她為「愛妻」。

「清廣本為內子座下門徒，當年內子放棄修為時，清廣尚未修成氣候，然而他對《妖賦》極其醉心，不肯放棄，於是偷得最後三重祕笈，去了辰星山修行。他對妖族深惡痛絕，誓要屠盡天下妖物。五十年前他法術大成，我阻攔於他，遂使天下兩分，仙妖暫守和平，而今清廣再行戰亂，按理來說，他身為內子之徒，我理當與你等共同討伐……」

青丘國主頓了頓，手臂微微一抬，手掌放在外面照進來的陽光之下，一時竟有幾分透明。

「然而，天地輪迴，大道之間自有定數，我雖被人奉為國主，然而卻並未登仙，天命將至，上蒼賜予我在這人世偷活的時間已盡，我周身法力漸消於天地萬物之中。如今這副身體已成空殼，不日便將殞命三界之中。」

青丘國主……

命數將盡了……

雁回愣怔，隨即轉念一想，從這些日子青丘的行動來看，青丘國主確實都未參與，多半都是儲君代為效力。在如今這情勢之下，青丘國主若是歸天，妖族士氣必定大為受挫，此消息確實能掩則掩。

「妖龍天曜。」青丘國主聲色微沉。「如今妖族能仰仗的，唯有你了。」

雁回拳心一緊，轉頭看身邊的天曜，只見他眸光沉凝，表情也是凝肅。

自他兩人入青丘以來，雖極少面見青丘國主，然而妖族上下對他兩人禮待有加，所有條件竭力滿足，這背後必定少不了青丘國主的吩咐。他大概早便知道這天下，遲早有一天會是如今這局面吧……

所以上次逼問天曜是否將自己身體完整地拿回來，也是事出有因的。

「我與我兒已交代過所有事宜，你若能大敗清廣，救妖族於水火之中，這青丘國主之位，便該禪位於你。」

要天曜做下一屆妖王？

他這話音一落，天曜便皺了眉頭：「我不需要這國主之位。」他說著，眸光向雁回處微微看了一眼。「我與清廣必有一戰，不為妖族也不為國主之位，只為護一人之心。」

一時間，好似有一股暖流從雁回心底湧了出來，霎時暖遍了四肢百骸。

「這段時間我會適應內丹，也會好好研究《妖賦》，其間或許會有來找國主討論的時候，多有打擾還望見諒。」天曜言罷，向青丘國主點了個頭，轉身便邁步出去。

雁回望了眼王座之上的青丘國主，但見青丘國主清冷的眸色之中隱約藏有幾分憂慮。她心下沉凝，卻未當場表明，也只向國主微微行了個禮，轉身隨著天曜出了門去。

至王宮之外，天曜一直在前面走著，雁回默不作聲地跟在他身後。行了許久，直到快走到冷泉處，天曜才忽然開口，輕聲說了一句：「雁回，不要再做與妳心口內丹有關的任何打算。」

他終於回頭看了雁回一眼：「那是妳的命。」繼續道：「也是我的。」

雁回便只有一直保持著沉默。

回到住所，雁回將《妖賦》找了出來拿給天曜，天曜卻道：「我摘抄一份便好，這份妳留著，繼續練，至下月雖然時間緊迫了些，但能多練得一重，於保護自己而言，總歸是要好些。」

雁回想來也是這個道理。

下午天曜將《妖賦》謄抄罷帶走。晚上的時候天曜說回去融合內丹，不來與她一同吃飯了，於是雁回便叫了子月，打算與她好好聊聊近段時間辰星山發生的事。

可師姊妹兩人這些年來都有積怨，剛說了兩句，還在調節氣氛，幻小煙便與匆匆地從外面跑了進來，看見子月在場，感受到她身上的仙氣，幻小煙臉上笑意一收，有些怯怯地往雁回旁邊躲了躲。

「這是我師姊。」雁回下意識地道：「不用怕。」

對面子月聞言，抿了抿脣角，也沒說話，只是低頭吃了口飯。

幻小煙「哦」了一聲，然後對雁回小聲道：「主人，我剛參悟了那個素影上次給你們布的幻覺陣法的道理。」

聽到「素影」這個名字，雁回愣了愣：「怎的？」

「上次素影真人給你們布的那個陣法啊，我參悟啦！我的功法突飛猛進！妳要不要試試看？」

她這邊話音還未落，外面燭離又急沖沖地跑了進來：「雁回，冷泉那方突然傳來好大動靜，約莫是天曜在那裡，外人現在不敢接近，妳……」

聽到天曜的事，雁回筷子一放，連與別人打聲招呼的時間都沒有便衝了出去。

而幻小煙這邊指尖剛剛用法術點亮，便見雁回跑了，她登時一怒，吼燭離道：「你什麼情況！我剛要顯擺呢，你就衝進來壞事了！」

燭離也急，扭頭喝道：「妳那些破爛幻術能顯擺出個什麼花樣！」言語中的輕蔑把幻小煙氣得臉一鼓，在他轉頭要走的時候，幻小煙一巴掌拍在他的後腦杓上，喊：「從今往後你就是我的僕從！對我百依百順言聽計從！」

燭離雙目一瞠，在原地站定，然後眸中光芒一隱，轉過頭來便對幻小煙道：「好的，主人。」

旁邊吃飯的子月見狀，筷子都有些握不住了，愣愣地看著兩人。

幻小煙看著燭離的模樣，得意一笑，然後摸了摸他的腦袋：「乖，來，我不想走路了，你背我。」

「好的，主人。」

爬上燭離的背，幻小煙才轉過頭對看得目瞪口呆的子月道：「我明天就讓這傻小子清醒過來，妳記得幫我保密哦。」

子月只得點頭，幻小煙大喊一聲「駕」，然後便「騎」著燭離出了門去。

直到兩人走遠，子月才將目光收回來。越是在這裡待得久了，越是覺得辰星山的師父們常年在耳邊念叨的「妖怪妖物，妖即是惡」真是錯得離譜。

一個種族，哪能簡單用善惡來區分，不過是對己有利或對己有害罷了。

妄論妖門大道，回頭一看，他們還真是無知。

雁回趕到天曜所在冷泉之時，四周已是一片狼藉，樹木斷裂，冷泉渾濁，有的樹梢已經燃燒起了火焰，若是不加控制，此處只怕會有一場大火蔓延。

雁回一時沒看見天曜的身影，她雖然心急，卻先引了冷泉之水，將各樹梢之上的火盡數熄滅。

此時太陽已經落下，月亮還未從山頭升起，四周一片黑暗，雁回以妖力覆蓋雙目，在林中尋找著天曜的身影。

找了半晌，她忽然看見林間火光一閃。雁回目光立時便凝在了那方，逕直向那方找去。她跑得快，聽到了那方倉皇而走的聲音。

他從前方穿過荊棘，撞到樹枝的聲音那麼明顯。

雁回追了一會兒，喊了一路，嗓子都有點喊啞了，但前面那人就是不停，她聽天曜的腳步聲，感覺他身體應該還是滿健康的呀，跑得雖然不快，有些慌亂，但腳步還是沉穩的，應該沒出多大問題，但為什麼就一直往前面跑呢？

又追了一會兒，眼看著這一路就要奔著青丘王宮去了。雁回有點氣不過，停了下來：「你跑什麼？」她怒了。「給我站住！」

那跑動的聲音果然停了下來。

雁回有幾分心塞，這個跟著一起走了這麼多路，經過這麼多險的人，到現在居然在躲她，跟山裡熊孩子惹了禍要逃父母打似的。

雁回心頭三分無奈七分好笑，但還是佯怒道：「過來。」

那方默了一會兒，好似猶豫了許久，到底是踏過草木，緩緩往回走，行至雁回的面前。

適時月亮已經出山，林間像是有一層水霧蕩漾，天曜別著頭，有幾分不自然地站到雁回面前。他頭上不知什麼時候長了兩隻小小的犄角，與他平日裡化龍之後威風凜凜的大龍角不一樣，這兩隻小犄角就跟小孩子的兩根手指頭一樣，萬分不搭地長在他頭頂上，從他額頭裡「噗」地冒出來的似的。

雁回目光一下就落在了他的犄角上，然後死死咬住嘴，憋住了「噗」的一聲笑。

「這是什麼？」

天曜扭過頭，嘆了一聲氣：「角……」

「噗！」雁回到底還是笑了出來，天曜一臉無奈地看著她。雁回伸手，兩根手指頭伸出去，握住他的犄角，然後捏了捏。「手感……還有點軟……」

天曜握住她的手，語氣無奈得有氣無力：「雁回……」

「我再捏一下旁邊那個……」

「……」天曜沉默了半晌。「只許捏一下。」

話音未落，雁回便兩隻手都伸了上去，一隻手捏一隻，顯然十分享受。見她捏得開心，天曜倒也不制止了，只站在她面前任由她把玩奇怪極了的小犄角。待雁回玩夠了自己收了手，他才又扭了扭頭：「別盯著看了……」

雁回打趣他：「你還堂堂千年妖龍呢，就長了兩個小肉角就躲我躲成這樣了？」

天曜沒打算解釋，便在這時，他心口火光一閃，緊接著頸項的皮膚之下，火光順著他的血管一陣灼燒，直燒到了他臉上，在他臉上輪轉了一圈，最後成了龍鱗的形狀停留在臉上。

全程天曜緊緊咬著牙關不發一言，可在皮下血脈裡的火光隱去之後，天曜臉上被灼燒出來的龍鱗卻沒有消失，依舊停在臉頰上，讓他的面容看起來有幾分……恐怖。

雁回愣怔。

天曜眸光一垂，捂住臉，將頭一側：「九頭蛇內丹初融合，尚且有點不適應，過兩天便好了。」他聲音有幾分沙啞。

與天曜在一起這麼久，雁回哪裡還會不懂他，當他在隱忍極痛之後想粉飾太平時，便是現在這樣的聲音與語調。

以前的雁回會戳穿他，說：你撒謊，明明你這樣痛，為什麼不撲到我的懷裡來哭？

而現在，當天曜拚盡全力要保住她的性命，保護她的情緒的時候，雁回唯一能做的仁慈，就是成全他，不要戳破他的粉飾太平。

「這肉角也是因為沒適應內丹，所以長出來的嗎？」雁回笑著，若無其事道：「不過你頭上的角這樣長著也別有風味嘛！」

聽得雁回這話，天曜又是一嘆，再轉過頭來看雁回的時候，眉眼之中帶著溫柔的笑意：「妳要喜歡，以後就算它沒了，我也變給妳看。」

雁回毫不猶豫地點頭應下了：「好啊，以後不變我就天天在你頭上種磨菇。」

天曜一笑：「好。」他繼續道：「妳負責種，我負責長，妳想看什麼都長給妳看。」

雁回也是笑開了：「我等著那天。」

天曜靜靜看了雁回一會兒，忽然間心口又是一陣火光閃爍，他忙轉了身，向著冷泉的方向走：「內丹還需適應。」他聲音有幾分乾澀，但語調卻依舊保持著平穩：「我需去冷泉之中靜心調息……」

話音未落，雁回倏地上前一步，從背後抱住了天曜。

天曜一怔，在血液裡躁動衝撞的九頭蛇內丹之力，登時像被什麼力量壓制了一般，不再令他那麼難受。

雁回身上有他內丹的氣息，所以對他來說，她的接觸就像是救命的靈丹妙藥，有能將他從深淵裡帶出來的力量。

她一直都是拯救他的力量……

雁回就這樣圈著他的腰腹，臉頰輕輕貼在他的後背之上，磨蹭了一下。

天曜愣神，心頭即便有疼痛作祟，但他還是能感覺到心尖一軟，又暖又癢：「怎麼了？」

「沒……」雁回頓了頓，長舒一口氣道：「就是忽然覺得，天曜，我好喜歡你啊。」

天曜垂眸，握住了她圈住自己的手臂。月色靜謐，他不說話，雁回也不再說話，就這樣靜靜地感受著夜裡難得的平和。直到天曜心口的火光隱去，雁回也沒捨得放手。

最後是天曜輕輕拍了拍她的手：「早些回去睡吧，明天開始加緊修煉《妖賦》，便有妳累的了。」

「好。」

雁回陪著天曜去了冷泉，見他踏入泉水，沉入其中。雁回在岸邊站了一會兒，便默不作聲地走了。

只是她並沒有回自己住處，而是身形一轉，逕直去了青丘王宮。

天曜的情況即便他自己極力掩飾，但雁回心裡還是清楚。

九頭蛇的內丹給他造成了極大的負擔與痛苦，要不然冷泉那處也不會在她去之前被毀壞成了那副模樣。即便是之前素影還在的時候，秋月祭天曜痛苦成了那般樣子，他也控制住了自己，沒有肆意釋放妖力，致使林間樹木灼燒。

九頭蛇內丹對天曜來說，並不是一個好的選擇。

從未有人深夜未經允許上過青丘王宮，住在王宮外面的狐妖都跑了出來，從洞裡探出頭，好奇地望著雁回。

當雁回行至王宮門口，門口看守的兩個守衛並未阻攔，一人甚至主動打開王宮的大門，躬身請她入內。

雁回站在門口，有些奇怪地看著守衛，守衛只恭恭敬敬地道：「國主吩咐過了，這兩天若是雁回姑娘來找，可隨時進入。」

雁回這才點了頭，踏入巨木王宮之中。

青丘國主知道她會再來的。這個九尾狐王雖是天命將近，力量衰弱，可老謀深算，揣度人心依舊比任何人都強。或者說他對世事看得比任何人都清楚。

雁回入了青丘王宮，青丘國主並未等在王宮之中，反而是有好幾隻發光的螢火蟲在雁回面前飄，雁回跟著牠們走一步，牠們便又往前飄一點。

就這樣螢火蟲一點一點地領著雁回走到了巨木王宮的另一頭，一道小門輕輕打開，螢火蟲飛去了外面。雁回跟著走去，發現地上的路根本不是路了，而是這巨木的根，她順著樹根一路向前，走到了一處往外伸出老長的岩壁之上。

雁回記得，這是她和天曜第一次被燭離帶來見青丘國主的時候，他們在山下看見青丘國主站在懸崖之上瞭望遠方之地。這裡，也是國主夫人歸天的地方吧……

今夜夜色濃郁，天空之中無星無雲，唯有一輪皓月當立空中，讓夜色極為澄澈。

雁回見青丘國主立於懸崖末端，山下夜風席捲而上，亂了他一身衣袍與長髮。明明是殺伐決斷一生的人，在此刻過於安靜的夜裡，似乎也能隨時被一陣風帶走一樣。

遠遠眺望，此處可望見月色之中的三重山，整個青丘盡數收於眼底。

「國主。」雁回沒有再上前，而是站在剛剛踏上懸崖的地方道：「我有事欲問。」

青丘國主這才微微側了頭，示意自己在聽。

雁回肅容道：「五十年前與清廣一戰，你比誰都清楚清廣的實力。我想知道，天曜適應了九頭蛇的內丹，他有多大可能，勝得過清廣？」

青丘國主聞言，只望著遠方淡淡道：「沒有。」

青丘國主否定得那般果斷，這兩個字好似重槌，擊在了雁回心口之上。

「一點勝算……」雁回說得艱難：「都沒有嗎？」

青丘國主默了一瞬，而後才道：「此前在中原，妳已見過清廣之力，與他相比，妳認為那九頭蛇妖如何？」

雁回搖頭，搖頭的時候，心也沉到了底處。因為她那麼清楚，那九頭蛇妖與清廣根本沒有任何可比性。

即便沒有回頭，青丘國主也能感受到雁回微微頹然的氣息：「那便是了。」

雁回沒再多言，其實來之前她已經想過會得到這樣的答案，但是人都會有幻想，她也想能遂了天曜的心願，再也不要動她心裡這顆內丹的主意。

「天曜身為千年妖龍，本身雖然積澱沉厚，對法術運用也極有研究，可若無千年法力累積，於清廣而言，他不堪一擊。」青丘國主道：「融合其他妖怪內丹過程痛苦而收效甚微，若不是他執意不肯取回內丹，我也不會給他出此下策。天曜與清廣五行相剋，乃是天生敵手，這世間，若無天曜，將再無他人可制止清廣的謀劃。而若在與清廣一戰中，天曜身死，彼時妳心頭內丹也再護不住；清廣若得此內丹，修得十二重功法，這天下……恐怕再無妖族棲息之地。」

青丘國主這一席話說得不急，言語中所表達的意思卻壓得雁回心悶。

「我知道了。」雁回說著，她明白青丘國主的意思了。

不等天曜試盡除了收回內丹以外的所有辦法，他是不會死心的，或者說他們是不會死心的，只有等走到路的盡頭，無路可走了——

她和天曜，總有一個人會做出決定。而這個做決定的權利，青丘國主給了雁回。

雁回並未當場回覆，她只對青丘國主點了點頭：「我先回去了。」

「嗯。」青丘國主點頭應了，他也不急在這一晚便讓雁回將內丹還回去。

從青丘王宮離開，雁回回到自己的住所。在路上，即便離冷泉還有那麼遠的距離，但雁回也能看到那方偶爾傳來的火光，還有龍低沉壓抑的嘶喊聲。

天曜很痛苦……

那顆九頭蛇的內丹並不是什麼新的出路。

拳心握緊，雁回咬了咬牙，沉默地回了自己房間。

翌日清晨，太陽照樣升起，雲和天空是不會為下界任何人事而變換煩惱。雁回坐在床邊呆呆地看了窗外的天空許久，她感覺自己像是一頭困獸，出不了現實的牢籠，左右皆為難。

她喜歡天曜，希望自己以後生活的每一天都能看見這個人，喜歡到光是想想牽著他的手走遍大江南北，哪怕四處浪跡，也能感覺到幸福安心。

她希望自己能一直陪著天曜，在眼睛能看見的時候就去看未來每一天的日出日落，在耳朵能聽見的時候就去聽每一天的潮汐起落。

天曜太孤單了，她也一樣。

他們曾是被世界遺棄的人，然後遇見了彼此，可是他們……卻是「你死我活」這樣的關係。

雁回垂頭靜靜坐了一會兒，待得再一抬頭，竟然意外地發現天曜已經站在了她的窗外。他臉色有幾分蒼白，眼下略有兩分青影，想來是昨夜掙扎得極為痛苦。

與雁回四目相接，天曜也有一分愣神，隨即他一點頭，然後轉身便要往自己的房間那邊走。

「天曜。」雁回連忙叫住他，他回過頭來，雁回對他招了招手，然後隨手從床邊拿起了《妖賦》。「你來給我講講，這兒我看不太懂。」

天曜便這樣入了雁回的房間。

他頭上兩隻小犄角還在，雁回見了還是好生摸了一番。天曜已經不去管她的手會放在自己身上哪個地方了，因為不管是在哪兒，雁回的觸碰都會讓他感覺到從身體到心的愉悅。

像是被安撫著一樣。

「哪兒？」天曜捧著《妖賦》，聲音有幾分沙啞。

雁回轉頭瞥了《妖賦》一眼，隨即又轉頭看天曜：「好奇怪，你一進來，我就什麼都看懂了。」

得知自己被調戲了，天曜也不氣，只微微一笑，轉頭好整以暇地打量雁回：「不抓緊修煉，在偷懶嗎？」

是啊，她在偷懶，將時間偷來，多看他幾眼。

「誰說我要偷懶了！」雁回道：「我昨天聽人說，有一種修煉的方法可以讓功法精進得很快，對你我而言都有極大好處，你要不要聽？」

天曜看著她，嘴角掛著淺淺的笑意：「什麼？」

雁回便湊近他的耳朵道：「和合雙修。」她一笑，露出了小虎牙。「天曜公子啊，要與我試試否？」

方才還淡定自若的天曜耳根霎時便紅了，他扭過頭，輕咳一聲，好似咳一聲還不夠，他又咳了一聲，然後雁回的床榻邊便好似開始燙屁股了，他立即站了起來。

雁回望著他的臉驚呼：「哎呀，你的兩隻小犄角都羞成粉紅色的了！」

天曜聞言更是大羞，扭頭便要往外走，雁回這才連忙將他袖子拉住。天曜一用力險些把她拖到地上，雁回裝痛，「哎唷」喊了一聲，天曜回身將她扶住。

他目光剛掃了她一眼，還沒開口說一句話，便聽到雁回「哈哈哈」地笑了起來，笑聲清朗，是她好久沒有過的開懷。雁回似真的將肚子笑痛了，扶著腰半晌沒坐直身子。

天曜斥她：「大喜傷心，以前修了這麼多年的仙，卻也未把性子修得收斂一下，這般喜歡捉弄人。」

雁回抹了把笑出來的眼淚：「你是真的相信你的小犄角會變成粉紅色啊哈哈哈……」天曜無奈，雁回拽著他的手臂，待笑停了才仰頭望天曜。「還是……你真的相信，我要和你和合雙修啊？」

雁回坐在床上仰視著他，眼睛閃閃亮亮的，她下頷弧度光滑，能順著她頸項的弧度一直往下看見起伏的胸。

天曜還記得，以前在銅鑼山的時候，那個小鄉村裡，他在院子裡沐浴，雁回推開窗，看見了他的身體。當時他對雁回並無任何想法，而當時雁回卻流了鼻血。

天曜默默轉了目光，可他還沒轉動腦袋，雁回便兩隻手倏地拍上了他的臉頰兩邊，不讓他挪開目光，強迫他看著自己的眼睛，一字一句問：「天曜，你想和我和合雙修嗎？」

天曜只覺心臟跳得從未有過地快，不僅耳根，連脖子也有幾分泛紅了，若此時再有誰說他頭上的兩隻小犄角是粉紅色的，他會深信不疑！

想的，他想擁有她，完完整整，徹徹底底地擁有她！

可這樣的時候，時局如此，天曜只得壓住心頭的一切躁動。他閉了閉眼睛，再睜開時，已清明了許多：「雁回……」

可他哪裡能想到雁回膽子竟然這麼大，她非但沒想聽他的話，只直勾勾地盯著他，替他說了一句：「你想的吧。」然後她就一把摟住他的脖子，整個人站了起來，一口吻在了他的脣上。

他的脣舌炙熱，雁回也是如此。

雁回緊緊抱住他的脖子，直到吻得呼吸都已紊亂，她才放開天曜。

沒有更加放肆的舉動，而一吻之後，脣齒相離，雁回抱著天曜的脖子沒有吭聲。逗是逗，玩是玩，雁回還沒有不知分寸到那種地步，時局如此，她心裡也清楚……

天曜發現雁回有幾分異常，他蹙眉問：「怎麼了？」

雁回在他頸窩裡蹭了蹭，笑道：「沒怎麼，就是覺得我和你啊，太純情了。」雁回道：「我想要接觸你，更多的，更深的。」言至此處，雁回話音頓了頓：「說來，天曜，你甚少與我提及你以前的事情，我忽然有點想看看你以前的樣子呢。」

在遇見素影之前，沒有背負那些屈辱和仇恨的時候，他是什麼樣子的呢？是怎樣自由自在的呢？有多麼威風凜凜呢？

「改日……」

「現在就給我講講吧。」

見雁回堅持，天曜便讓她坐了下來，然後掌心捂住她的眼睛，道：「好，就給妳看一會兒。」

於是雁回便在天曜法力的疏導之下，看見了從天上至高之處往下俯瞰的山川河流，那般巍峨雄壯。她看見了他遨遊天地之間的模樣，看見了他將壯闊山河當床榻睡臥的模樣。

他本是這世間離登仙最近的妖怪，上可通天，下可徹地。

天曜的手從雁回眼睛上拿開。

雁回看著現在的天曜，又抬起手捏了捏他頭上的犄角，笑了笑，道：「你現在先回去休息，下午我們一起修煉吧，我練《妖賦》，你融合心口內丹。」

見雁回神色似無異常，天曜便也不好再問什麼，只得點了點頭，應了聲：「好。」

此日深夜，雁回再上青丘王宮，依舊在昨日上山的位置，她望著青丘國主的背影，鎮定淡然道：「我欲將內丹還與天曜，還望國主助我一臂之力。」

雁回清楚現在天曜將她看作什麼，而她也清楚，失去重要的人，是件多麼痛苦的事情。

但是……

千言萬語，心頭明瞭，有時候都抵不過現實的一句，但是……

雁回雖然做出了這個決定，但要將內丹還給天曜，在實際操作上還是有幾分難度。

天曜的態度那般明確，他不會要這顆內丹，所以在這顆內丹進入天曜身體之前，這件事絕對不能讓他知道。青丘國主給了雁回一個咒術，可以使天曜昏睡三個時辰，而雁回要做的，便是在天曜昏睡的這三個時辰當中，將自己的心頭內丹掏出來，而後放進天曜的心口當中。

「我此處有靈珠一顆。」青丘國主說著，一顆散發著微光的小珠子從他那方緩緩飄到雁回面前。「此珠靈力充沛，可暫代天曜內丹之力，為妳續命一月，以免換回內丹之後，天曜知妳身死，心生大悲大憤而出差錯。」

連天曜的心情都考慮到了……

雁回一笑，嘴角弧度有幾分苦澀。

為了使妖族延續，身為一國之主，青丘國主自是不允許在清廣死之前天曜出任何差錯。但對雁回來說，這般周全的考慮，卻顯得有幾分勢利與薄涼。

可是理當如此。

雁回垂頭，看那顆珠子慢慢隱入她的胸腔之中。

「待妳取出內丹之後，這靈珠自會發揮它的作用。」

雁回摸了摸胸口：「便只有一月嗎？」

青丘國主默了一瞬後才道：「這靈珠本該是天地靈氣日積月累之下而成的，本在那陸慕生身上。」

雁回聞言一愣，靈珠……難道這便是素影欲幫陸慕生找回前世記憶的那靈珠：「可……那靈珠不是已經碎了嗎？」在雁回與素影一戰之際，被雁回打碎了。

「沒錯，所以這也並非那原物，這般靈珠納天地靈氣，也記天下之事，能助人尋前世記憶，茫茫蒼生，或許只有那一顆而已。此前陸慕生入我青丘，我便循著他身上靈珠仿做了一顆。為此耗盡了此生僅餘妖力。」

雁回聞言默了半晌道：「你做靈珠……是因為想將國主夫人尋回嗎？」

青丘國主好似被雁回這句話逗笑了一樣，他微微彎了彎脣角，遙遙望著空中月色：「我作夢也想將她尋回。」

夜色靜謐，雁回沒再多言，直到青丘國主再次開口打破沉默：「此一生未能再等到她，便是緣分已盡，天意難違，不可強求，只望黃泉路上能再見故人一面。」

雁回垂下頭：「國主夫人一定也在等你。」

「可一想到她會等這麼多年，便又希望，她能早點解脫才好。」青丘國主轉頭望著雁回道：「此靈珠能轉送於妳，也算是盡了我最後一份綿薄之力。雁回姑娘，妖族此戰，欠妳良多。」

「無所謂欠與不欠。」雁回垂眸。「這本也是我要完成的先師心願。」

若說此事若真有誰對不起誰，那便是她對不起天曜吧，萬分對不起。

要將他欺騙，要將他拋下，要讓他在明白過來後的日子裡獨自承擔傷心難過……一想到那樣的場面，她便心疼得覺得自己……

太對不起他了。

再沒多言，雁回習了青丘國主教的咒術便離開了青丘王宮。

接下來的一天，雁回在自己院子裡望了一整天的天空。一整天的時間，她腦中念頭有許許多多。她想，將內丹交給天曜的那一天，她就要開始倒數自己的生命了，最後一個月的時間，她好像沒時間去回憶過去。

她忽然發現自己其實還有好多風景沒有看盡，好多事情沒做完，好多話語沒有說盡。

出神地想到了下午，幻小煙騎著燭離的脖子便進了雁回的院子，她很高興地招呼雁回：「主人主人，妳看妳看，我現在是不是很威風，很厲害！」

幻小煙揪著燭離的頭髮，是真真切切地將這個青丘國小世子當馬騎了。

雁回看了一眼，愣了，然後望著燭離問：「你是做了什麼喪盡天良的事才甘心被這小壞蛋這麼欺負？」

燭離沒有反應。

幻小煙從他脖子上跳了下來，仰頭道：「他現在聽不見的，他中了我很厲害很厲害的幻術，別人說什麼他都不知道，他就只會聽我的。」

雁回怔然：「妳……」她恍然想起之前她急著去找天曜的時候，幻小煙好像是在她耳邊說過這麼一通話，她學到了很厲害的法術，她參悟了素影那個法陣裡的奧祕。

雁回立即來了精神，她站了起來，圍著燭離繞了兩圈，見燭離當真沒有任何反應，雁回道：「妳讓他蹲下。」

幻小煙道：「蹲下。」

燭離便蹲了下去。

雁回眼睛睜得更大了：「妳讓他劈叉！」

「劈叉！」

於是燭離便一個矮身劈了叉！

雁回發出了「哦」的一聲。幻小煙也跟著「哦」了一聲，這小子的韌帶，簡直出人意料地好嘛！

院子外有僕從經過，幻小煙還是保住了燭離的面子，忙叫了兩聲：「起來起來。」燭離便站了起來。幻小煙看了看天色。「哎呀，不能再玩他了，我記得他今天好像還有什麼很重要的事情要忙。」

她說完便打了個響指，燭離眼中光芒倏地恢復，他見了雁回一愣，然後轉頭看見幻小煙，又是一愣：「怎……嘶……」燭離微微彎了彎腰。「我腿為何這般痛……發生了什麼？」

「今天是本月最後一天啦，你之前不是說你今天有個什麼事要忙嗎？」幻小煙並沒有回答燭離的問題，反而這樣插了一句。然後燭離一愣，愣然道：「今天月末了？」

雁回點頭。
於是燭離便提了衣襬一瘸一拐地急急跑了出去，一句話都沒來得及說。
待他走遠了，幻小煙才哈哈笑了兩聲，轉頭給雁回吐了吐舌頭。
雁回只道：「這兩天妳沒帶他去做什麼離譜的事吧？回頭若是他從別人嘴裡知道了，要剝妳的皮可別怪我不護著妳啊。」
「沒事，他要剝我，我就再給他施個幻術好了嘛。」
幻小煙說得大剌剌，雁回撇了撇嘴本來不打算再理她，但倏地想到了什麼，她眸光驀地在幻小煙身上一凝。
「主人我先走啦，一直用幻術支配人還是滿累的，今晚我要去吃別人的夢境好好補補。」
「站住。」
雁回喝住她，幻小煙一愣，轉頭看雁回，不懂她的表情為何忽然之間變得這麼嚴肅。
雁回盯著幻小煙，沉著思量。雖說青丘國主考慮到了讓雁回再活一個月，撐過天曜與清廣一戰的時候，但若是她將內丹還給天曜，天曜自身修煉的時候會毫無感覺嗎？而她失去了內丹，必定也是身體大傷，天曜見她一面，難道不會察覺出端倪嗎？
所以說，她將內丹還給天曜之後，單單是活著出現在他的面前還是不夠的，她得好好出現在天曜面前，而且不能讓天曜發現她的不對勁，更不能發現他自己的身體和之前有什麼不同。

能做到這樣的，或許只有讓他產生幻覺了吧——讓他認為自己是沒有找回內丹的，讓他以為他所看見的雁回依舊是健健康康的。只有這樣，他才能全心全意毫無顧忌地去與清廣一戰。

「幻小煙。」

雁回喚了她一聲，幻小煙有點愣神，不由得有幾分心驚地應了一聲：「主人……怎麼了？」雁回幾乎沒這樣和她說過話，她心底起了幾分不安。「妳……有什麼不開心的事情要告訴我嗎？」

「我是要告訴妳一件事，可無關開不開心。」雁回道：「妳要答應我，聽我說這件事的時候……」看著幻小煙有點忐忑，雁回嚴肅的聲音便軟了下來，她摸了摸幻小煙的頭：「妳答應我，不要哭。」

然後在這一刻，幻小煙就有點想哭了。

雁回將她帶回了房間，聽到雁回將事情說完，幻小煙便已經傻了，她愣愣地看著雁回。

雁回張了張嘴，還沒等她說出一句安慰的話，幻小煙的眼淚便已經「啪答啪答」落了下來。

雁回一嘆：「不是說好了不要哭了嗎？」

幻小煙連忙捂住了嘴，可眼淚還是止不住地往下掉，嘴裡含含糊糊地發出哭腔：「可……主人，這麼大的事……妳……妳……」

「不算多大事。」雁回道：「妳理性地想想，和整個妖族比起來，我這根本就不算什麼大事，妳要乖，要配合……」

她話未說完，幻小煙的手便放了下來，淚眼矇矓地望著雁回：「可是妳要死了。」她像個小孩一樣哭了出來。「可是做了這事，妳就死了。嗚哇……這是很大一件事，我不管，我不管和整個妖族比起來怎樣，我就知道妳會死掉的，妳會死掉的……」

幻小煙哭得那般傷心，雁回勸不住，她說的話都被淹沒在幻小煙的哭聲當中，她只好一把捂住幻小煙的嘴，然後把她緊緊抱在懷裡。她生怕這時候天曜會從外面路過，發現端倪，她連聲在幻小煙耳邊道：「不要哭了……不要哭了……沒事的沒事的。」

在雁回一聲聲安慰之下，幻小煙的聲音終於慢慢消停了下來。這時候雁回才將幻小煙從自己懷裡放開：「妳堅強一點，拋開所有感情，就這樣看著我的眼睛告訴我，我這忙，妳是幫還是不幫？」

幻小煙咬了咬牙，靜默許久之後，終於紅著眼睛點了頭。

雁回做了她的主人，可她從沒讓她做過什麼事，這是唯一的一件，可她的要求，卻也是她生命裡最後一件。

對於讓幻小煙用幻術迷住天曜，雁回還是有幾分不放心。於是她找了個機會，想先試試幻小煙的能力。

幻小煙得知真相之後，哭了一晚上，第二天起來後眼睛有點腫，但還是配合了雁回的測試。因為她也不確定自己能在天曜身上種上多深的幻術，特別是想到當天曜找回內丹後，他的力量變得更強，那她的幻術在天曜身上就要埋得更深才行。

既然決定要做這件事情了，那就只有做到最好。趁這個機會在天曜身上埋下幻術的種子，讓幻術種子隨著天曜自己運功，在他身體裡先運轉一周，植根深處，之後待得要動真格時，也能更加簡單一些。

幻小煙與雁回定了時間，第二天雁回將天曜約到自己房間裡來，說《妖賦》有些許理不明白的地方，要天曜指點一下。

雖然不久前雁回才用這個藉口調戲過天曜，但天曜還是應邀前來，在雁回面前依舊拿了《妖賦》，一副要好好教她的樣子。

雁回看著天曜的臉有點愣神。

天曜等了半天，沒等到雁回吭聲，便轉頭看她，笑道：「又是來調戲我的？」

雁回默了默，也是一笑：「你的犄角不見了。」

「這兩日融合九頭蛇內丹，也有幾分效果。」

雁回點了點頭，然後在書上指出了一處她先前確實不太明白的地方：「這裡，你幫我看看。」於是天曜便沒再打趣，垂頭研究書中的內容，他嘴脣輕輕動了動，輕吟著書上詞句，神態專注，在雁回身邊毫不設防。

雁回聽著天曜近乎呢喃的輕聲，霎時便明白了，為何二十年前，天曜會那般容易被素影和清廣聯手算計。因為在所愛的人面前，他真的是沒有半分防備，身上最薄弱的地方都露給了她，最柔軟的地方都面對著她。

要動手害他，那麼容易。

「天曜。」雁回喚了他一聲，天曜轉頭的一瞬間，雁回手上所戴的幻小煙的戒指倏地閃了一下，幻小煙從雁回的戒指裡化成一股煙，從天曜的胸膛之上穿心而過。

「今天晚上回來，你看不到雁回。」

幻小煙的這句話在空中輕飄飄地落下，而她的聲音也隨著這句話的消失而消失。

天曜的雙眸失神了一瞬，緊接著又恢復如常，他轉頭看著雁回，好似根本不知道幻小煙剛才曾出現在他們之間一樣：「怎麼了？」他問雁回。

雁回將下巴一抬，在天曜臉頰邊輕輕落下一個吻：「就突然好想親親你。」雁回望著他笑。「可以嗎？」

天曜愣了一瞬，臉頰紅了片刻之後，轉頭看雁回的目光微微一深：「下次得先告訴我一聲。像這樣……」他說著，脣慢慢湊近雁回的脣邊。「我想親妳了。」

話是這樣說，但他並沒有給雁回回答的機會，便覆了上去。

脣舌糾纏，片刻之後便又分離開來。

雁回想到幻小煙此刻可能還在屋子的哪個角落裡看著他們，便有點不自在地咳了兩聲，然後找個理由將天曜支走了。

左右，沒讓他發現自己中了幻術就得了。

天曜離開片刻後，雁回確定他的神識感覺不到這邊的動靜了，這才喚了一聲：「幻小煙。」

幻小煙此刻便在床榻邊出現了，就站在雁回的身側，像個背後靈一樣嚇了雁回一跳。然而此刻這個「背後靈」卻是眸帶淚光，滿臉哀戚。

雁回看著她，一聲嘆氣：「又怎麼了？」

「主人啊，天曜剛才親妳的時候，他感覺好幸福。」

雁回心口一緊，好似受了一拳重擊，然後又澀又疼的感覺，便混雜著心口那遏制不住的細微的甜蜜流了出來。

「主人，妳也好幸福的。」

是啊，她也好幸福的。

雁回沉默了，幻小煙的眼淚又包得更滿了些：「就沒有別的辦法了嗎？青丘國主那麼厲害，咱們讓他再想想別的辦法好不好，讓主人可以活下來的辦法……」

雁回摸了摸她的腦袋，沒有說話。

到了晚上，天曜從冷泉邊回來，幻小煙壯著膽子攔了天曜的路，可站在天曜面前還沒說一句話，幻小煙眼睛就紅了一圈。

天曜見狀立即皺了眉頭。

雁回此時就站在幻小煙的身後，她掐了一把幻小煙的腰，幻小煙咬了咬牙，才開口問：「你看見我主人了嗎？」

見幻小煙這般神色，又問出這樣的話。天曜眉頭一蹙：「雁回不在屋裡？」是啊，她不在屋裡，她此刻就在幻小煙身後，但天曜顯然沒有看見她。只道：「問過其他人了嗎？沒人看見她去哪兒了？」

幻小煙的演技好像已經用到頭了，她只垂著頭搖了搖腦袋。

這樣的神情讓天曜更是眉頭緊蹙。他一步踏過幻小煙，和雁回擦肩而過，他走得頭也不回。雁回轉身看了看他的背影，舒了一口氣，望著天上月色誇幻小煙道：「幹得好。」

而幻小煙卻沒有半點被誇獎的喜悅。

那天晚上天曜問過了燭離，四處找遍不見雁回，正是心急如焚的時候，府上人給天曜遞上了雁回在屋子裡留下的一張字條，字條上寫著，她去找青丘國主請教《妖賦》去了，明日早上回來。

然後天曜便又馬不停蹄地趕去了青丘王宮。

雁回已經事先和青丘國主打過招呼，青丘國主便給天曜隨意指了個巨木的屋子，天曜便在那屋門口靜靜守著，不離開也不喧鬧。

他以為雁回在裡面練功呢。

雁回在王宮錯綜複雜的樹木根系之上遙遙地望了天曜一眼，然後隨著小狐狸們的引路，從另一個門入了那屋子。

待到天亮，雁回從正門推門出來了。

見了雁回，天曜神情也並無多大變化，只是迎上前去，輕聲問了一句：「修煉進展可順利？」半分不提昨夜找不到雁回時他的心急如焚。

雁回咧開嘴一笑，露出潔白的牙齒，感覺心情極好。見她笑得開心，天曜也好似被陽光照耀得明媚起來一樣，他微微彎了唇角：「功法精進很快？」

「對呀。」雁回一把牽了天曜的手，領著他往王宮下面走。「這《妖賦》不愧是國主夫人寫的，青丘國主也不愧是夫人的夫君啊，他幾句指導讓我茅塞頓開啊。」雁回語氣有幾分雀躍，好似當真開心至極，沒有半分憂愁一樣。

她演得那麼好，好得幾乎快要將自己都騙了過去。

好得就像，她可以永遠陪在天曜的身邊，像這樣滿足他等待一晚上後的期待。

好得就像，她明天不用親自迷暈天曜，然後接著撒更大的謊去欺騙他一樣⋯⋯

深夜，過了子時，天曜在房間裡睡著了。雁回坐在他床榻旁邊，而旁邊則是立了許久未曾下過青丘王宮的青丘國主。

「勞煩國主動手了。」雁回道。

青丘國主便接過她手中匕首，眸光微微一垂，道了聲：「得罪。」匕首刃尖破入雁回胸膛，青丘國主眸光沉凝，幾乎是眼睛也不眨一下，以匕首在雁回心口之中輕輕一挑。

雁回渾身一顫，臉上登時血色盡失，她疼得想握緊拳頭，卻發現自己手上竟是一點力氣也沒有。若不是此時有幻小煙在背後撐著，她恐怕是連坐也坐不穩了。

下一瞬間，一顆閃耀著炙熱火光的珠子便被匕首挑了出來。而與之相反，雁回則像是瞬間被剝奪了色彩的布偶，臉色霎時灰白一片。

整個房間的溫度霎時高了不少。

離開雁回胸膛的妖龍內丹，被天曜身體的龍氣吸引，在青丘國主的手中左右衝撞，像是一個躁動的毛頭小子，迫不及待地要奔回屬於它的地方。

青丘國主一鬆手，只見那內丹宛如離弦的箭，瞬間便撞到了天曜胸膛之上，然後沒入他心口之中。

再無痕跡，房間溫度不一會兒便恢復如常。而天曜的臉色幾經輪轉，像是原本屬於他的內丹之力在與他身體之中的九頭蛇內丹互相爭鬥，最後結果自是不用說，他的臉色恢復如常，是屬於他自己的內丹勝了。

千年妖龍天曜，終於完整了。

他終於變成了以前的他。

而此時雁回滿是鮮血的心口之處也是光芒一閃而過，是青丘國主給她的靈珠起了作用。

從現在開始，她的生命就要進入最後一個月的倒數計時了。

她與天曜的這一場緣分，要開始慢慢倒數了……

在天曜清醒之前，幻小煙在天曜額頭上輕輕一觸，她道：「你清醒之後，什麼事都和昨天沒有區別。」

雁回目光一直沒有離開天曜的臉，此時或許是她的錯覺，她看見一直處於睡夢中沒有清醒的天曜若有似無地皺了皺眉頭。

雁回幾乎用盡全力伸出手，揉了揉天曜的眉心：「如果可以騙他一輩子就好了。」

幻小煙在她身後苦著臉道：「主人，我撐不了那麼久的。他內丹的力量好大……我怕自己連一個月都撐不住。」

「妳不是喜歡給人製造快樂的夢境，吃人快樂的情緒嗎？」雁回道：「接下來一個月，我都會讓妳吃得飽飽的。」

護心

第二十二章 百轉千迴

翌日清晨，天曜醒後便覺自己身體有幾分奇怪，可更奇怪的是，他竟然說不上到底哪裡奇怪。

出了廂房，天曜見燭離正坐在他房間正廳之中，手裡握著一個小瓷瓶。見天曜出來，燭離便站起身來將瓷瓶給他：「這是國主讓我送過來的藥，說是吃了之後對你近來融合九頭蛇內丹大有裨益，能助你此後一月功法大長。」

天曜愣了愣，不明白青丘國主為何突然送藥過來，但他還是伸手接過瓷瓶：「代我多謝國主。」

「嗯，我還有事就先走了。」

燭離出門之後腳步一轉便去了雁回的房間，但見雁回臉色蒼白地躺在床上，燭離眉頭緊蹙：「妳要我給天曜的那東西到底是什麼，為什麼還要假借國主之名？」

雁回彎了彎唇角：「給天曜的定心丸罷了……」

那些不過是一些補身益氣的普通藥丸。之所以給天曜，是因為身體裡增長的神龍之氣總會表現出來，不讓他知道是內丹的作用，讓他以為是吃了這藥丸的作用便好了，定了他的心，不讓他生一絲一毫的疑惑，這樣才可以讓他毫無顧忌地一直向前走。

見雁回開口說話時氣弱成這般模樣，燭離眉頭又皺得更緊了些：「妳這身體到底是怎麼了？不過一晚上未見，為何憔悴成了這樣？」

「在天曜眼裡，我不會是這模樣便好了。」

「到底為何……」

「哎呀，你別問了！」幻小煙終於忍無可忍，她打斷了燭離的話，推著將他趕出了雁回屋子，然後紅著眼眶道：「主人昨天一晚上已經夠辛苦了，和你說這麼多傷神，你就吩咐下去，以後誰也不許在天曜面前提一句主人身體不好這樣的話就行了。」

燭離憋屈：「為什麼不可以提？妳跟我說明白不就行了嗎？」

幻小煙咬了咬牙：「好，我和你說，你知道之後，打死也不許告訴別人，特別是天曜。」

「為何不告訴我？」

幻小煙話音未落，便聽外面傳來天曜的聲音，她臉色「唰」地一白，但見天曜從外面一步一步踏進來。她不知道天曜到底聽到了多少，正驚慌地望著天曜手足無措之際，屋內傳來雁回伸懶腰起床的聲音：「天曜？」

天曜看了幻小煙一眼，轉身去了雁回的屋。

幻小煙心頭怦怦跳個不停，在屋外探頭往裡看去，但見雁回在床上對天曜伸出了手，讓天曜將她拉了起來。

雁回白著臉，但嘴角微微勾著笑。天曜像完全沒看到她蒼白的臉色似的，問：「日上三竿了，今日怎麼睡這麼久？」

「夢見你啦。」雁回道：「捨不得醒。」
天曜蹲下身，一邊給雁回穿鞋一邊道：「醒了也能看見我的。」
「那不一樣。」
「怎麼不一樣？」
「我夢裡的天曜，已經飛升為仙啦，成了通天徹地的大龍，威風凜凜，霸氣非常，他遨遊天地之間，過得自由自在，逍遙灑脫。」雁回頓了頓道：「不受任何俗世凡塵的羈絆。」
天曜幫雁回穿好鞋，聽罷這番話後笑著抬頭看她：「那妳呢？」
「我？」
「妳在哪兒？」
他不關心他變成什麼樣，他只在乎他變成那樣之後，她在哪兒……
雁回心尖似被扎了一針，抽痛一瞬之後，她身子微微往前一探，伸手指了指天曜的心：「到那個時候啊，我就在你這裡。」
天曜就勢握住了雁回的手：「早就在了。」
雁回唇角一彎，手指順勢往上一挑，放在天曜下巴上，帶著三分流氣道：「小公子嘴巴很甜嘛。」
天曜現在已是極為配合了：「姑娘要嘗嘗嗎？」
「讓我嘗個十分甜的。」雁回將臉湊了過去。

天曜便從下往上，像是仰望似的，將她的脣輕輕吻住：「好……」他說著，便侵占了雁回整個口腔。

於天曜來說十分甜，於雁回來說，卻暗地裡藏了九分澀。

靈珠入了雁回的身體，雁回比誰都更能深切體會到如今自己的身體狀況有多麼不好。她甚至感覺，青丘國主所說的「一個月」或許太樂觀了一點。

翌日雁回照鏡子的時候，竟然在自己身上發現了灰色的氣息。

那是死亡的氣息，一般出現在慢慢衰敗的凡人身體上，會清晰地看見這樣的氣息。從小到大，包括之前在銅鑼山的時候，天曜的奶奶那身上的氣息也是如此，一天比一天重，直到她身死。雁回很小的時候就知道，有一天這樣的氣息也會出現在自己身上，但那時候總覺得這樣的事情太過遙遠，心裡並無太多感慨。

然而當終於有一天，這股氣息出現在自己身上，雁回不由自主地感到膽寒與驚恐。

而她的氣息與普通凡人並不相同，她本是在出生之際便該殞命的人，是凌霄以護心鱗和天曜內丹救了她一命，她從此半人半鬼地活於世間，此前託內丹的福，她身上沒有半點頹敗的跡象。

而此刻內丹離體，即便有青丘國主所贈靈珠相補，她身上的黑氣一旦出現之後便瘋了似地長開。

從第一天出現後，第二天顏色立即變深，第三天氣息翻長。

她想，自己大概是撐不過一個月的。

所以在最後這一段時間，雁回幾乎是有機會便去看看天曜。有時候會跟著天曜去冷泉，他在調息身體，雁回便坐在旁邊靜靜地看他，就算什麼也不做，她也覺得很開心。

有幾次她坐在樹下睡著了，醒來之後她已經沒有力氣站起來，她便打個響指，笑咪咪地盯著向她望來的天曜：「我腿睡麻了，小公子背我回去吧。」

對於這樣的請求，天曜向來是不會拒絕的。或者說雁回所有合理的、不合理的請求，天曜都是不會拒絕的。

有時候背著背著，眼看著要回去了，雁回見月色正好，便抓了抓天曜的衣裳，說：「小公子，陪我去天邊看看月亮唄。」

「好。」

「我不想飛，你帶我上去啊。」

「好。」

這樣幾次之後，雁回都覺得自己被寵得過分了，她問天曜：「你不覺得我這樣都快像生活不能自理的人了嗎？」

天曜聞言想了想：「嗯，滿像的。」

「……那你有什麼感想？」

「這樣不好嗎？」天曜道：「妳不想做的，我都可以幫妳做。妳盡情放肆驕傲，自有我滿足妳的願望。」

適時，天曜化了原形，雁回則趴在他的龍頭之上，雙角之間，她望著天上繁星，四周一個人都沒有，只有劃過耳邊的風聲。

雁回笑了笑：「我忽然覺得自己好像一個公主。」

「妳是王后。」

那一瞬間，雁回真的覺得自己好像王后，隨著她的王一同遨遊天地，睥睨蒼生。

可沒有幾天，雁回便在鏡子裡看不見自己的臉了，鏡子中的自己完全被黑氣纏繞覆蓋。光是看著鏡中的自己，她便覺得自己是來自地獄的幽靈，錯踏了這人世繁華。

雁回知道自己應該沒有多少時間了，撐不過一個月的……

不過好消息是，清廣需要大量內丹的時間也提前了不少，前方戰場上又傳來仙門之前開始大量收取妖怪內丹的消息。

而這次，並沒有那麼多人願意拚命幫清廣收取內丹了。

七絕堂在中原擴散的消息起到了至關重要的作用，清廣無法對所取內丹的去向做出一個解釋，眾多仙門因此與他離心，沒人願意聽一個可能是邪修的人發布的命令，甚至為他送死。

清廣一時間也處於相對孤立的狀態。

趁著中原仙門與辰星山猜忌相離，妖族儲君立時籌備了一次大舉進攻，妖族邁過三重山，勢如破竹一般挺進中原，直取辰星山。

此舉背後其實乃青丘國主授意。

清廣收不到足夠量的內丹，便無法修補自身消耗，若是無人肯聽他差使，那最快的辦法，便是他親自出手，收取妖怪內丹。

派出軍士集中進攻辰星山，對清廣而言，等於是將一盤盛宴送到他面前，等他伸手來拿。

待將清廣誘出辰星山，脫離他最為熟悉的地方，彼時天曜再出手與其一戰，勝算便是極大。

定好了計畫，天曜隨大軍出發，而雁回並不在隨行之列。天曜本以為以雁回的性格會想方設法跟著他去，但是雁回這次卻出奇地配合，她在門口給天曜送行：「我《妖賦》都還沒練上第七重呢，去了清廣要一心想抓我，那不是給你們添亂嗎？我就在這兒待著，等你凱旋。」

「我會回來的。」

雁回輕笑：「我知道，你會回來的。」

天曜轉身離去。

他一走，幻小煙便在一旁扶住了雁回。此時在旁人眼裡雁回已是雙眼深陷，形容枯槁的模樣了。

幻小煙道：「主人，天曜身上的幻術我不能離太遠，但是妳可以不用去的，妳這樣……」

「要去。」雁回垂眸，看著自己已經瘦如枯柴的手，聲音有些飄忽：「我怕他贏了回來，連我最後一眼都來不及見到了。」

她想讓天曜，在她的視線裡停留到最後一刻。

幻小煙與雁回尾隨大軍，入了中原。

一路上幾乎沒有遇到多少仙門的抵抗，可見在中原大地，因為清廣可能是邪修，眾仙與辰星山之間的嫌隙，比雁回想像中的還要大。

遠遠望著越來越近的辰星山，雁回心裡竟然沒有生出多少想法，直到清廣的身影出現在了那方，雁回才眸光一凝。幻小煙拉著雁回，身影沒在眾多妖族士兵當中。

清廣一來，只覺四周大風忽起，草木異動，妖族士兵戒備以待。即便如此，也沒人想到下方土地當中竟然猛地生長出了許多尖銳的藤蔓，驀地向上刺穿出來，躲避不及的軍士霎時被刺傷，有的甚至當場喪命。

幻小煙馱著雁回往空中一跳，避過一劫。

可地上的藤蔓並未放過她們，一根藤蔓如有意識一般，像一根鞭子似地往上一甩，逕直拉住了幻小煙的腳踝。幻小煙一咬牙，正打算拿匕首斬斷之際，遠處軍隊前方蕩來一道熱浪。

火焰如同刀刃，在地表上橫掃而過，逕直將地上穿出來的藤蔓攔腰斬斷。一陣烈焰熾燒之後，大地表面焦灼一片，寸草不生。

幻小煙這才敢帶著雁回落了地，旁邊的妖族士兵們也在地上站穩，有的開始處理自己的傷口，有的則開始搬抬同伴們的屍體。四周混亂一片，有的士兵則與雁回一樣，仰頭瞭望。在那軍隊前方，長身而立的天曜與清廣真人相對而立，周身力量在空氣當中無形交鋒，讓地上受了傷無力抵抗的士兵們苦不堪言。

至高權位之上的鬥爭，從來沒有考慮過卑微者的感受。

若今日雁回有健康的身體能站在天曜身邊，只怕她也不會有這般體會吧。上位者的救是普度蒼生的救，上位者的殺也是顛覆蒼生的殺。

翻手雲，覆手雨，她愛著的是這樣的人。

雁回笑了笑，幻小煙不解：「主人……妳怎麼了？」

「沒。」雁回搖了搖頭。「只是突然覺得我很幸運，此一生，竟然能遇見天曜，與他有這般神奇的交集。」

幻小煙嘴角弧度有點苦：「我不懂，主人明明現在一點都不好，哪兒來的幸運，是老天爺對妳不公平。」

「妳才從幻妖王宮出來沒多久。」雁回道：「或許有一天妳也有機會遇上這樣的一個人。他讓妳感覺能遇見他，就是此生最幸運的事，他讓妳不再對生活的任何不公感到憤懣不滿。因為只要和他有過一瞬交集，這一生即便立即走到盡頭，也心懷慶幸。」

幻小煙搖頭道：「我不要遇到這樣的人，那樣我太可憐了，我不要……」

這方正說著，前方已是氣息大動，天曜與清廣結束了對峙，清廣終是先動了手。兩人交戰，地上妖族大軍開始迅速後撤。

誘惑清廣出山的目的已經達到，接下來再留在這裡，便是給清廣當靶子提供內丹了。

巨大的法力交戰撕裂空中的雲，斬裂大地，風雲皆變色。五十年前清廣真人與青丘國主一戰或許不過如此。

天曜近來研究《妖賦》，雖無其九重之後的心法，但前面九重乃是《妖賦》立根之本，天曜能推算出清廣的功法套路。不過過了兩招，清廣便也了然。

劍刃交鋒，清廣冷笑：「青丘國那九尾狐竟是將《妖賦》都給你看了嗎？」

天曜並不答話。

清廣身影一轉，只在天曜面前留下一個影子，人卻出現在了天曜身後。他一劍向天曜脖子劃來，可天曜連頭也未轉一下，周身氣場立時大長，遠遠看去如同天上懸掛的又一個太陽，灼目的火光硬生生將清廣推開。

清廣在空中生生退了百丈遠，這才以地上生出的藤蔓將自己的身體接住。

他脣角微顯血跡，然而盯著天曜的目光卻在發亮，眸中的瘋狂此時不加掩飾地流竄出來。

「竟是拿回來了。」他呢喃了一聲，倏地大笑開來，身形一閃，不過眨眼之間便行過百丈距離再次出現在天曜面前。此次他手上劍招攜帶著巨大法力，招招毫不留情，劍劍皆往天曜心口刺去：「你竟然拿回來了哈哈哈哈！」他大笑。「倒是得來全不費工夫。」

天曜眉頭一蹙，再次將清廣打開。

清廣於空中站定，腳下陣法打起：「你道是拿回了內丹，便能完全壓制於我嗎？妖龍，二十年前我能借素影之力打敗你，今日亦是如此。」

清廣的話天曜只聽進了一半，他一愣神：「你說什麼？」

清廣咧嘴笑道：「我說，你心口的內丹，今日，歸我了。」

天曜的臉色便在這一瞬間猛地白了下去。

「你說什麼？」他幾乎是不敢置信地又問了一遍，語調沉凝，語速緩慢，恍然間那日在雁回屋裡聽到幻小煙說的那句不能告訴天曜的話，倏地出現在腦海當中。心中的猜測，似是一把刀子，已經戳進他的心口，讓他疼得撕心裂肺。

回悟過來，天曜竟是一轉身，當場便要往青丘而去。

而清廣此時哪會讓他離開，陣法一起，將天曜圈攬其中。

被攔住去路，天曜怒火中燒，掌中法力凝聚，挾帶著千年妖力，與清廣真人的力量硬碰硬，生生撞碎了他的陣法。而即便如此清廣也未曾讓天曜走，空中又是一個巨大法陣罩下，只比先前那個更加難破。

眼看著終於能拿到妖龍內丹，清廣如何會輕易放手。內丹回到了天曜的身體裡面，自然是時間越短越好取出來。此次若是放他離開，他日只怕更成大患！

清廣如此一想，手中劍舞，立時不管不顧地殺向天曜，殺招連連，毫不吝惜自己一身法力。

天曜此時心急如焚，根本無心與清廣爭鬥。幾招一過便尋思撞破陣法，然而便是在爭鬥到陣法邊緣之際，天曜看見陣法之下，焦灼的土地之上，竟然還有兩人在那兒。

竟是……雁回與幻小煙。

雁回站在陣法外，方才離開之際，地上起了清廣的大陣法，她抽身不及，被陣法禁錮住了一隻手，深陷其中，抽取不出。她另一隻手捂著心口，背脊彎曲，沒有力氣站直身體。

她垂著頭，看不見她的表情，但天曜能想像出她的痛苦。

幻小煙一直在旁邊扶著她，不知在雁回耳邊說著什麼，神色焦急，雁回只是搖頭。

終於幻小煙一咬牙，不再聽雁回的話，她一抬頭，望向空中被清廣纏鬥不休的天曜，雙目皆是淚水，滿臉乞求，張大著嘴向他喊。

在清廣聲聲重擊之下，天曜聽不清幻小煙的聲音，卻看清了她的口型。

她說：「救救她！」

天曜心口一緊。他身形一動，可身邊的清廣再次纏鬥上來。清廣也分神往下方一望，見狀一下明瞭，隨即脣邊一絲邪笑：「想救人？」

四周陣法驀地往下一沉，一道刀刃，切開四周土地，陣法之外逕直變成一條深不見底的壕溝。

幻小煙一陣驚呼，連忙飛了起來，將雁回的身體抱住，避免她掉落壕溝之中。

天曜見狀目眥欲裂，他身體妖氣翻騰，眸中赤焰灼燒，額上青筋一凸，一聲低喝，劍勢快得讓清廣都來不及看。

清廣只覺得胸腔一涼，鮮血便登時從他胸腔破出，火焰之力將他推開數十丈，火焰停在他胸腔之上燃燒。

天曜卻看也未看他，回身一劍斬破清廣結界陣法。

雁回的手終於得到解脫。幻小煙抱住雁回，正要往上飛，天曜伸手去拉她……

就在這電光石火之間，被天曜打開的清廣眸光一凝，他根本不管胸腔上的傷口，只指尖一動，旁邊的土地倏地挪動，向中間合攏！

天曜眼睜睜地看著土地縫隙之間的兩人來不及逃出，只聽「轟」的一聲，裂開的土地合在一起，埋住了幻小煙倉皇的臉，還有雁回已經頹廢不堪的身體。她抬頭看了他一眼，好像還對他說了句話，可太快了……

他什麼都沒來得及看清，什麼都沒來得及聽見。

撞擊的力量那般巨大，在裂縫之處生生隆起一座土丘，天曜亦被這股力量撞開，就這樣看著雁回與幻小煙被埋在其中。

「不……」

這聲音像是從心底傳出來的一樣，天曜耳邊登時一片寂靜。他一時竟忘了自己是會法術的人，忘了自己是能通天徹地的妖龍。他竟然俯身而下，落在土丘之上，以手去刨那被掩蓋住的土地。

身上被泥土弄髒，臉頰滿是狼狽。

而此時清廣出現在天曜身後，他眸中盡是冷意，絲毫不見溫度。他在天曜身後舉起長劍，逕直向他心房刺去。

突然，天曜所跪的地方凹陷，天曜身形一矮，清廣劍勢一偏，擦過天曜耳邊，土地之中倏地火光大起，一股熱浪炸開，推開清廣，將剛堆起的土丘炸出一個深坑。

而在那深坑之中，幻小煙懷裡不知抱著什麼，正在嗚咽哭泣。

天曜愣愣地看著幻小煙，她所在的地方，雁回的氣息沒有殘留一絲一毫。

聽聞天曜腳步聲踏來，幻小煙這才抬起頭來，望著天曜，她強迫自己停住哭聲，道：「主人用最後的力量護住我了。」她終是忍不住了，號啕大哭。「她就只剩下這個了。」

張開雙臂，她懷裡剩下的那片鱗甲正散發著微微光芒，那是他的——護心鱗。

天曜失神，伸手去觸碰，鱗甲之上的溫度是雁回的體溫，但卻燙得讓他幾乎要握不住。他倏地想起那天，雁回對他說，她作了一個夢，夢見他終修成得道，得了仙位，他問：

「那妳呢？」

「我？」

「妳在哪兒？」

「我在你這裡。」

我在這裡。

原來如此……

原來……如此。

一瞬間天曜像是被拽下了深淵，深淵裡滿是惡鬼，連空氣都在噬咬他的皮膚，鑽入他的骨髓，吃乾淨他的五臟六腑，他像是正在被疼痛掏空。

與這相比，二十年前的拆解之痛算得了什麼，二十年來的月圓之夜又算得了什麼……

背後有凜凜殺氣如箭射來，天曜生生挨下了這一箭，像是肉體的疼痛才能喚醒他的神志一樣，將他從那個寂靜得恐怖的深淵之中拉出來。

他向後望向清廣，眸色血紅，眉心之上妖氣凝成的紅點若有似無地顯現。即便只是盯住清廣，可這眼神竟似一記重拳，落在清廣心尖之上，讓他不由得有幾分膽寒。

這是這麼多年來，無論與誰相對，清廣都從未有過的感覺，戰慄……甚至害怕。

天曜周身火焰不再明亮，變得渾濁不堪，像是從地獄裡燒出來的一樣。火焰變成了黑色，他的頭髮卻從根部一路向下，盡數變成了白髮。

鱗甲在臉上浮現，猙獰得好似地獄修羅，踏破三界界限，注視著他。

箭刃尚刺在後背之上，天曜卻半點不知痛一般，一轉身，箭刃生生被他折斷，半截留在他後背之上，然後被越來越多且厚的鱗甲從肉裡推擠而出。

他伸手一抓，清廣欲躲。可此時天曜動作雖慢，但周身黑色火焰卻抓住了清廣，讓他無論如何也掙脫不了。

天曜擒住了清廣的頸項。

黑色火焰自他手中燃起，自頸項而下，將清廣整個人包裹其中。

清廣在火焰中掙扎：「不甘心……我不甘心……」他的聲音被淹沒在火焰之中，從內至外，全部灼燒乾淨，連渣也未曾留下一點。

然而待得清廣被灼燒乾淨之後，天曜手掌心的火卻未曾停下來，黑色的火焰在他腳底燃燒而起，灼燒了他周身鱗甲，他也沉在火焰當中，好似要將自己燒毀。

幻小煙見狀大驚，嚇得都不敢哭了，連忙大聲道：「別這樣別這樣！主人說會回來找你的！」

天曜聞言，終是在火焰之中微微動了眼珠：「她會找我？」

「你要是死了，你就記不得她了，連記憶都沒有了！只要你記得她，主人說她就會找到你的！」

天曜垂下了頭，靜默地看著手中那片與他現在周身顏色變深的鱗甲不同的青色護心鱗，火焰漸消。

妳在哪兒？

我在這裡。

鱗甲慢慢收回，他不再那麼猙獰，只是白髮卻變不回去了。

「我也會找她的。」

十五年後。

小村莊裡有個怪女孩，從小是個神童，沒人教就會讀書寫字。她爹在的時候她就非得給自己改名字，不但要改名字，連姓也要改，她爹不准，又打又罵，可每次都還打不疼這姑娘。現在這姑娘爹去了，她自小便是沒了娘的，她就背上了包袱，自己出了村莊。

她說她叫雁回，她要去找一個人，那人是她相公，名叫天曜。

記憶停止在大地合攏將她與幻小煙掩埋的那一瞬。

她以靈珠剩餘之力護住了幻小煙，然後她的世界便陷入了一片黑暗當中。

雁回不知自己在黑暗當中漂流了多久，她沒有意識，對於那段時間也沒有記憶。只待她睜開眼的那一瞬，世界重新鮮活起來，她才知道自己又活過來了。

在空氣中發出第一個音節的時候，她看見了自己揮舞在空中的小手臂，那是屬於嬰兒的手臂，還看見了抱著她的接生婆。然後耳邊是屋裡的一片混亂，接生婆在大喊：「出血啦！出血啦！夫人出血了。」

外面有人衝了進來，多半是女人，還有一個男人驚慌大喊：「娘子！娘子！」

而雁回只覺四周一切竟那麼迷幻。

忽然之間胸膛一熱，雁回腦中出現了一個畫面。在山崖之上青丘國主長身而立，清風拂袖，在青丘王宮背後的懸崖之上，青丘國主的一雙眼睛似從千里之外望了過來，望穿她的眼瞳：「成功了嗎……」

他的聲音好似在雁回耳邊響起：「這便算是，妖族送予妳和天曜的謝禮吧。」

青丘國主的身影在懸崖上微微發光，與此同時，雁回胸膛溫度大熱。待到青丘國主化成一片金光隨風而去的時候，雁回倏地明白——

這是青丘國主用他最後的力量，保住了她之前的記憶。

抱住雁回的接生婆轉頭看她，驚訝大叫：「這小孩子心口在冒金光！這是神童呀！」

旁邊立即有人也看了過來，附和說著：「是神童呀！神童呀！」

雁回便在這樣一片混亂當中重新回到了人世，擁有了另一個身分和身體。

她出生後沒多久，江湖上便傳來妖族的那個九尾狐國主仙去的消息，只是這些消息離小村莊的人們太遙遠，並沒有人關心。

這一世的雁回在出生之時她的親生母親就去世了，親爹變成了鰥夫。從此她的生日便成了她娘的忌日，每年這天，雁回總是要將手放在她爹的肩頭上拍一拍，以示安慰，畢竟這一世他們也是帶她降臨到這世上的恩人。

過了幾年，她還這樣拍著她爹的肩膀嘆氣的時候，她爹就會揍她：「小屁孩一天到晚學什麼老人嘆氣，回去給我好好餵雞。」

雁回撇嘴，如果是上一世，指不定她比他年紀還大上一、兩歲呢。

其實從一開始，雁回就一直想就此逃跑去找天曜的，但嬰幼兒時期軟胳膊軟腿的，實在跑不出去。待得稍微大了點，能自己走路了，她爹又將她管得嚴實。

雁回發現自己身體可以凝神練氣的時候，便開始修了道法，她對《妖賦》記憶不深，所以練的還是辰星山的仙法。功法進展相比於普通人要快，但比起以前那個有天曜內丹的身體，這點進展便不算什麼。

到了七、八歲的時候，自己能跑能蹦躂了，雁回便開始收拾著要自己跑路。

有一天，她走了很遠的路，卻還是被她爹連追帶跑趕上了，他爹抓住她，揚手便是一巴掌，打得雁回有點愣神，可她心頭還沒有起火氣，便見那農家漢子紅了眼眶對著她吼：「妳要去哪兒？妳是妳娘留給我的唯一念想！妳一個人跑出來，出了事怎麼辦？妳讓我怎麼辦？」

雁回心頭一動，她有之前的記憶，她一門心思要去找天曜，可她的「父親」並不知道，他真的將她當自己女兒在養呢。

於是雁回便留了下來，打算等自己十四、五歲了，她就往外地嫁，然後在路上逃婚了事。可沒想到她還沒來得及嫁，她的「父親」便去世了。

雁回從此了無牽掛，她背了包裹，起身便上路往妖族那方趕去。

這些年她在村子裡跟路過的江湖人打聽過了。

十五年前，辰星山前一戰之後天下大亂，清廣真人被天曜誅殺，不久後青丘國主亦仙去，隨後青丘國儲君繼位。修道者們選了幾位德高望重的長老與青丘國主相談，約定百年之內絕不大動干戈，也不再以三重山為界限，從此仙人妖怪各自修煉，互不干涉。

天曜成了妖族供奉的神龍，他不承襲妖族的王位，卻受到比王更崇高的敬意。他遨遊世間，蹤跡難覓，天地之間只為尋心之所繫那一人。

雁回望了望天，一時間心裡感觸良多，天曜是尋回了以前的力量，然而終究抵不過天道輪迴對一個人痕跡的掩埋，他那般尋，依舊沒尋得到她。青丘國主在她睜眼的瞬間便消失了蹤跡，想來是未來得及將她的去向告訴天曜，所以只有靠她自己去尋了。

天曜那麼耀眼，他站在這世界的頂端，總是要比淹沒在人群當中的她更好尋覓一些。

然而如此想著的雁回，卻愣是沒有尋找到接近天曜的機會……

雁回想踏入青丘去找燭離，但她身體當中已修了仙法，現今三重山雖然不再是仙妖的界限，可青丘乃靈氣貧瘠之地，會主動去青丘的修道者實在少之又少，她一路所行艱難，處處皆有妖族人欲謀害她。如今她仙法並未修得太厲害，為了自保索性還是回了中原。

她又去尋了七絕堂，知道鳳千朔現在還在掌權。她本想借鳳千朔之力將自己已經回來的消息告訴天曜，但當她在七絕堂對掌櫃說出自己名喚雁回、想見鳳千朔時，掌櫃卻一皺眉一擺手：「這都這個月的第幾個了？煩不煩！」

雁回一愣：「什麼？」

「雁姑娘與天曜公子的事傳得整個江湖都知道，每年每月每天冒充雁姑娘的妖怪仙人不知道多少，這都十五年了，妳們能不能換個新花樣啊？」

前十五年並未出過山村的雁回，並不知道外面的姑娘竟然已經這麼會玩了！

她登時像被噎住了一樣，哽住了喉：「我……」

話沒說完，掌櫃的便將她趕了出來：「妳們這些姑娘，自己踏踏實實地過自己的生活去吧，那高高在上的人不是妳們這些平凡人能攀得上的。」

站在七絕堂的門口，雁回哭笑不得。

是啊，天曜已經變成一個高高在上、讓她無法觸碰的人。

以前雁回與天曜相遇在他最落魄的時候，那窮鄉僻壤的銅鑼山，一路走來，共同成長，靠得太近，所以雁回從來未曾感覺到她與天曜之間會隔有多遙遠的距離，直至現在……

明明生活在同一個世界上，卻像是有了比天底下最厲害的結界更恐怖的隔閡，將他們區分開來。

卑微者想觸碰上位者是多麼困難的事，雁回終於深刻地體會到了。

「掌櫃的若不信，我知道之前天曜的所有喜好，你只要讓我見鳳千朔，他……」

掌櫃擺了擺手：「行了行了，研究一萬遍《天曜傳》和《雁回書》都是沒有希望的。」

雁回登時顯現一副被搶了錢的表情，什麼《雁回傳》和《天曜書》，都什麼亂七八糟的東西……正愣著神，小販吆喝了一聲：「新書啊，新書到了。」

雁回轉頭一看，小攤上醒目的位置赫然擺著兩本書《天曜傳》《雁回書》，著者——幻小煙。

雁回：「……」

一時間，雁回忽然覺得，如果當年最後一刻，她沒有救幻小煙，現在大概會省事很多吧……

嘆了聲氣，雁回正愁得沒辦法之際，忽見七絕堂裡，又是一個少女雙目赤紅地跟著僕從走了出來。七絕堂門口人來人往，來買消息的人實在多，雁回本沒注意他們這一對，可少女的一句話卻鑽進了雁回的耳朵裡：「消息說那陣法只有妖龍火焰可破，沒別的辦法了！」

「妖龍」二字讓雁回耳朵一豎，她立即尾隨上去。

少女身邊的侍從沉默不言，少女咬牙道：「爹已經去求過國主多次了，可國主雖然知道妖龍在哪兒，可那妖龍根本就不理這世間事，他不會幫我們的忙！而七絕堂也說，只有妖龍可以破陣，真的沒有別的辦法了。商陸……救不了了。」

侍從只頷首道：「望少主……莫要太過悲傷。」

當年的九尾狐儲君便是如今的國主，這少女被稱為少主，爹還是可以和國主說上話的人，理當身分不低。

「商陸能救得了少主，即便是在陣法當中身死，屬下相信，他必定也是心甘情……」

話未說完，雁回一頭鑽進了兩人中間：「你們要找天曜幫忙啊？」

侍從眸光一涼，登時將手放在了身邊劍鞘之上，只聽「叮」的一聲，劍已經微微離開了鞘，只是旁邊的少女伸手攔住了他。少女的目光在雁回身上上上下下一陣打量，目帶考究：「是又如何？」

雁回咧嘴一笑，露出了讓她笑容透出三分痞氣的小虎牙：「我幫你們啊。」

來者是赤狼族的少主——赤昭，前段時間路過廣寒門，誤闖廣寒山中一處陣法，與她自小一同長大的侍從商陸為了救她出來，被困在了冰雪陣法之中。

赤昭自此便一直在尋破陣之法，卻得知要以龍火灼之方能破陣。而這世間的妖龍就那麼一條，要找他幫忙談何容易。族長念在侍從救了自己女兒一命，便前去請求國主幫忙，然而國主自是不會強行要求天曜去救人，因為在他們眼裡，這或許只是一件微不足道的小事，國主輕描淡寫地一提，天曜輕描淡寫地拒絕。國主便也只有拒絕赤狼族族長的請求，族長便不敢再去麻煩國主，而落到赤昭這裡，便成了人命關天的大麻煩，愁得夜不能寐。

雁回知曉事情經過之後，心思一轉，覺得既然能與國主搭上話，那便就好了。只要能將她在的事告訴國主，別的事國主不會上心，但是「找雁回」這回事國主一定是上心的。

因為天曜有多想找到她，雁回是知道的。

他一定比她還要急迫，因為她能看到他，哪怕是仰望，好歹知道他還存在著，還在某個地方生活著；而天曜，卻看不到她，哪怕他窮極目光，也不知道她是否存在，是否能像他一樣在這個世界上活著……

然而初聽雁回的身分，赤昭依舊抱著將信將疑的態度，直到雁回買來了《雁回書》與《天曜傳》，將裡面的一些小細節，挑出來細細一說，細節真實得讓赤昭有了幾分相信，她將此話報與族長聽了。

族長聞言也是將信將疑，畢竟雁回的故事在江湖上傳了十來年，不知傳出了多少版本，可他還是將這些言語報與了國主。

赤狼一族怎麼也沒想到，不日龍氣便在他們領地之上盤旋而下，挾帶著灼熱之氣落入赤狼族住地。

雁回感應到天曜龍氣帶來的壓力之時，說不出心頭是喜悅還是別的感情，心臟猛地開始狂跳。可她怎麼都沒想到，這個時候身後的赤昭卻忽地對著她頸項一拍。

雁回只覺一時頭暈眼花，身體之中氣息逆行，待再回神之際，四周的一切竟然變得出奇地大。她一愣，轉頭看赤昭，卻發現自己的視線竟是從她的腳下往上仰望的。

「你做什麼！」雁回怒叱，開口卻是「嗷」的一聲叫喚。

雁回：「……」

她垂頭一看，自己的手竟然變成了爪子，渾身毛乎乎的……她一側頭，在旁邊落地的銅鏡裡看見了已經變成狼崽的自己。

大爺的……

竟然恩將仇報！

雁回這方還在怒極之中，外面已吵鬧起來，赤昭掀開門簾踏了出去。雁回想要跟著跑出去，卻被赤昭身後的侍從抱住，將她緊緊地困在懷裡。

侍從並沒有出去，甚至捂住了雁回的嘴，不讓她發出一點兒聲音。

外面傳來赤狼族族長的聲音：「大人，這……這便是我小女兒，是她在夢裡夢見了那些事。」

是她在夢裡夢見了那些事？

赤狼族的人竟是這般與天曜說的？他們想讓天曜這樣認為？為了讓天曜去幫她救人，所以便這樣說了？還是想為了用「雁回轉世」這個身分去獲得更大的利益？

雁回一時只覺怒不可遏，她在禁錮著自己的人的懷裡奮力掙扎，然而卻並無作用。這一世她修行的時間太短，力量太弱了，她掙脫不了。

「那些是妳夢見的？」

多麼簡單的一句話，但說這話的聲音卻在雁回夢裡出現了無數次。若是過去，天曜怎會允許有人在離他這麼近的地方禁錮著她，他那麼熟悉她的氣息。

可現在他不知道，除了記憶，她身上沒有一絲一毫和以前的雁回相關的地方。

她就只能這樣與他生生錯過……

「是我。」赤昭如此答道。

雁回不再掙扎，垂下了眼眸，尾巴和爪子無力地耷下。她想得很好，可到底是低估了人心的貪欲。

「撒謊。」

天曜的聲音薄涼而寒冷，像是利刃撕破了外面的平和。

整個赤狼族，一瞬間陷入了死一般的寂靜。

而雁回卻像被這兩個字點亮了眼眸。外面的天曜聲色如冰：「告訴你這些事的人，在哪兒？」

赤昭沒有答話，但外面傳來的壓力卻一點比一點大。

雁回努力地在侍從懷裡掙扎著，試圖弄出一點動靜，可他禁錮得太緊。雁回用爪子撓他的手指，用尾巴一直在他身前努力拍打。這些動作發出了細微的聲音，但隔著赤狼族那厚厚的門簾，根本不知道外面的人能不能聽到。

忽然間，外面有「答」的一聲腳步輕響，雁回耳朵一動。

天曜！

她心裡面的聲音喚得那般巨大，似乎已經振聾發聵。

答。腳步聲往門簾這方而來，心臟猛烈地跳動，雁回幾乎感覺到了自己眼眶的溫熱，不用別的聲音了，光是這心跳聲，天曜也一定能聽見的。

我回來找你了！

「答……」

一步步靠近，這聲音對於雁回來說宛似天籟，可對赤狼族的人來說卻好似下地獄前的序曲。

禁錮住雁回的赤狼族侍從也發現了不對，他後退一步想要逃跑，便在此時，一股熱浪平地而起掀起大風，逕直將赤狼族居住的厚重帳篷整個掀翻。

天曜的面容便這樣猝不及防地出現在雁回面前。他一頭青絲不再，白髮染鬢，早便有江湖傳言，與清廣真人一戰，天曜痛失所愛，剎那間白頭。雁回卻從未想像過，他的白頭竟使他的面目添上了那般多的無言滄桑。

但容貌依舊傾城。

灼熱的氣浪捲走了帳篷，也輕而易舉地將雁回身上的法術捲走，她身上光影一變，再次變回少女的模樣。

她與之前不一樣了，長得一點也不一樣，可與天曜四目相對的那一瞬間，兩人便都靜默無言。

他們之間是有默契的，是心有靈犀的，即便隔了輪迴的時間，身分的距離，可這份默契在看見對方的那一刻卻從未變過。

「天曜……」

雁回開了口，不過喊出這兩個字，天曜的眼眸之中便起了波動。

雁回想上前，可身後的侍從依舊捏著她的脖子，赤昭在天曜身後張了嘴似乎想說些什麼，可根本沒給她開口的機會，空氣之中似有一股力量將他們凝固住了。

掐住雁回脖子的侍從手不聽使喚地從雁回脖子上鬆開。他不敢置信，但在這力量面前，根本沒有反抗的餘地，四周赤狼族的族人包括族長都被這力量凝在了空中，飄浮起來，渾身法力再無法使出。

只有雁回還好好站在地上，一道力量自天曜身上滌蕩而去，所有赤狼族的人與物，瞬間便被狂風掃落葉一般捲去了不知什麼地方。

天地間似瞬間安靜了下來，她好像站在這世界的中心，看著天曜一步一步緩慢沉穩而無比堅定地向她靠近。

再沒有什麼可以阻攔他們相遇。

他伸出手，攬過雁回的頭，時間像是瞬間倒退了十五年，他終於將雁回從那合攏的泥土當中拉了出來。

他一隻手緊緊抱住雁回的腰身，一隻手鎖住她的腦袋，俯下頭，將還太矮的雁回抱了起來，噙住了她的脣瓣。

光影似乎在他們身邊流轉，這不是十五年分別之後的重逢，這好像還是當年，在青丘國雁回所住的小房間裡，她調戲了他，或者是他誤以為雁回被素影捉去殺了，趕回青丘時，卻看到了向他迎面而來的她的那天。甚至是在銅鑼山裡，他毫無意識地啃噬她這雙脣的那個月圓之夜。

十五年本來那麼難熬，可在看見她的一瞬間，天曜才發現，這些等待的時間不過是白駒過隙，根本不算什麼。

他一直都活在十五年前，直到與她重逢，他的時光才開始重新流動。

「天曜。」她道：「我回來找你了。」她貼著他的唇瓣說：「我沒有食言。」

是的，雁回於他，從來沒有食言。

他將雁回抱得那麼緊，似乎要將她勒進自己身體裡面，但是在這種幾乎愛到極致的心情裡面，他卻還在擔心，自己是不是會傷了雁回的身體。他鬆開了手，又不敢鬆得太開，抱得緊卻又不敢太緊。

雁回看得出來，他快要被他自己的思想鬥爭玩壞了。

雁回只得將他稍微推開一些，一抬頭便看見強制壓抑著無數情緒的天曜的目光，像是深淵，將她往裡面拉拽。

「天曜。」雁回保持著理智道：「你說說話讓我聽聽。」

天曜雙唇緊抿。

雁回推了推他的嘴角：「你是不是這些年過得太高高在上，知會人都用眼神，而忘記怎麼說話了？」

天曜不由分說地將雁回強行抱回自己懷裡：「這種時候妳只要安靜就好了。」

安靜地聽著他的心跳，讓他也能聽見她的心跳就好了。

不知如此靜默了多久，天空中有一股力量悄然而來，將天曜周身結出的氣場慢慢破開。天曜這才抬頭一看，發現竟是青丘國主找了過來。

天曜微微瞇了眼睛，神態間十分不悅。

不過想來也是，天曜一來便對赤狼族動手，毫不吝惜力氣，好似要滅了人家全族似的。身為國主，在仙妖兩族相安無事並無戰亂的時候，他自是要來保全妖族一脈的。

天曜也知道這個道理，可他眉目間的神色依舊不好看。他手中法力一凝，一顆火光珠子出現在了掌心，他揮手而下，珠子沒入下方土地之中三寸有餘：「赤狼一族助我尋回吾妻。」

聽聞最後這個稱謂，雁回有點愣神，抬頭望天曜，卻見他神態如常，似毫無半點不妥地對國主道：「雖有貪欲之過，卻也有功。你看著辦吧。」

言罷，他領著雁回便上了天際，根本不管下面的事情要怎麼處理。

雁回是知道的，天曜留下的那顆珠子帶有他的法力。赤狼一族若是能想辦法將那珠子帶走，要救被困在廣寒門陣法裡的族人也不是不可能。

他說雖有過也有功，那珠子便算是謝禮，而不直接幫助赤狼族人，便算是懲罰了吧。

「天曜。」

天曜將雁回藏在寬大衣袍之中，溫暖著她的身體，也給她擋著駕雲而飛的風，但聞雁回喚他，他便垂頭看著她。

「我們去哪兒？」

「回家。」

「你給我準備了一個家嗎？」

「嗯。」

雁回心頭大暖，可默了片刻，她想了想，帶著幾分俏皮地問：「我什麼時候是你的妻了？」

天曜抱住她，輕輕貼著她的耳朵說：「在未來的任何時候。」

天曜把他們的家安在青丘，可他說院子裡平時沒人太過荒蕪，還是讓雁回先去她以前住的屋住著，她的房間始終空著。

然後天曜便開始安排下去，他要與雁回舉行婚宴了。

雁回回歸，天曜將與之大婚的消息不過一天，便在全天下傳開了。第二天，雁回剛醒，才踏出房門，院外一道人影便迎面撲來，逕直將雁回抱了個滿懷。

「主人，主人！」幻小煙的聲音成熟了許多，可脾性卻半點未變。

雁回抬頭一看，只見幻小煙已經是二十來歲的婦人模樣了，現在這情景，倒像是十五年前的她和幻小煙反了過來。

「都多大的人了還是這般莽莽撞撞。」幻小煙身後傳來一道男生聲音，雁回聽了覺得有幾分耳熟。她轉頭一看，但見燭離蹙眉疾步而來，將幻小煙拉開了些。

「妳知道雁回現今的身體能不能承受住妳這一抱！妳肚裡的孩子又能不能承受得住！」

幻小煙挨了罵卻也不理他，只雙目含著淚光將雁回盯著。

雁回也甚是稀奇：「你們倆冤家什麼時候搞一起了？」

燭離有些不好意思地咳了一聲，這才正眼看了雁回，還沒答話，旁邊的幻小煙便搶著答了一句：「搞著搞著就到一起了。」幻小煙抹了一把淚，然後便又拽住了雁回的胳膊。「主人，妳不知道這些年我有多想妳，我一想妳就給妳寫書，都寫了好多本了。」

「……」雁回嘴角微微一動，她就著抽搐的力道笑了一下，然後便開始擼袖子。「說到這個，妳過來下，我和妳單獨地、好好地談談人生。」

幻小煙滿眼含淚：「書寫得不好看不動人嗎？」

雁回微笑：「看在妳是孕婦的分上，我會留妳一條命的。」

燭離在一旁聽得哭笑不得，沒有敘多少舊，外面便有僕人尋了過來，說是有人給雁回送禮來了。

雁回愣神，然而接下來的兩、三天她都不停收到了來自不同地方，不認識的人送來的莫名其妙的禮物。

有人祝她與天曜幸福，還有人寫感謝信，感謝她重新找到了天曜，讓她們相信這個世界還有真愛。雁回看得是哭笑不得：「現在是不打仗了，大家都閒得慌了？」

幻小煙在旁邊道：「妳看，主人，這都是我的功勞。讓你們成為三界聞名的傳世情侶。過兩天我再出一本書，專寫你們重逢之後的甜蜜故事。」

雁回：「……」

燭離在一旁勸了好久，才澆滅了雁回的殺心。

讓雁回最感動的是，在舉行婚宴半月之前，雁回收到一套紅色禮服，上面一針一線的刺繡都精美得讓人驚嘆，禮服裡面夾了一張小小的字條，上書八字——

苦盡甘來，白頭偕老。

雁回認識字跡，是弦歌的。

弦歌不能再入青丘，在江湖上甚至也沒有有關她一絲一毫的消息。但通過這八個字雁回知道，她過得很好，和她一樣，在某個地方悄悄幸福著。

對故人來說，這大概就是最好的消息。

雁回穿著弦歌為她做的禮服，與天曜行了禮，步入了婚姻殿堂，成了他的妻。

她回頭一想，自己以前設想的這一生倒也沒錯，她確實是在十五歲的時候遠遠地嫁了一個人呢，只是路上沒有逃婚這個細節罷了。

入了洞房，天曜挑開雁回的紅色蓋頭，看見妝容明豔的她。

他什麼也沒做，就這樣靜靜地看著雁回，怎麼也看不夠。雁回也笑著望他，忽然間，她有個不合時宜的問題冒了出來：「天曜，你說，如果青丘國主沒有留下我的記憶，這一世我記不得你，或者像之前那赤昭，為了利益來接近你，你該怎麼辦呢？你這麼喜歡我。」

天曜笑了笑，似乎根本不覺得這是什麼問題：「那也沒關係，妳要什麼就給什麼，要利益也給，要血肉也給，要筋骨也給。」他道：「妳要是有喜歡的人，我願將身上鱗甲拔下來，一塊一塊給妳的愛人做成鎧甲。」

他說著，但卻好像讓雁回疼了。雁回眉頭微微一皺，天曜握住她的手：「雁回，我從不害怕妳要奪走什麼，我害怕的是，當我做好了將一切都給妳的準備時……妳卻對我一無所求。」

雁回默了許久，隨即捧住天曜的臉道：「你完全不用有這個擔憂，我要的很多的！你放心！」

「好，妳要什麼都行。」

雁回倏地歪了嘴斜斜一笑，腰一用力，便將天曜整個按倒在床上：「我要你。你給嗎？」

天曜被雁回壓在身下，不徐不疾道：「這十五年來，我夜夜思憶當年，所悔之事有三。」他輕聲道：「一是未曾對妳好好訴說情意。」他說著，輕輕吻了雁回耳廓一下，雁回渾身一抖。

「二是未曾細細看過妳眼睛裡隱藏的祕密。」

他脣瓣挪動，親吻在雁回眼睛之上，輕柔而溫熱。

「三是……」

他覆手抱住雁回的腰，好似不費吹灰之力，雁回霎時便覺得天地顛倒，待再回過神來，天曜已覆在了她身上：「不曾答應妳……」

「和合雙修。」

護心

番外一 婚後生活

雁回與天曜成親之後，便住在天曜在青丘的院子裡，她看看天養養花，再和天曜廝混一下，每天是過得很悠閒。可悠閒過頭了，雁回覺得該給自己找個事兒來做。

她剛起這個念頭，第二天幻小煙便來找她了，說是有個文書她要拿到了，才有官方認證的待在青丘的資格。

原來這十五年來，三重山再無大禁，仙妖兩族之前雖然依舊有嫌隙，但有不少仙人與妖怪相戀，有的妖怪會將自己的修仙伴侶帶來青丘長住，而這人一多，青丘便興了個規矩：但凡修仙者，嫁來青丘或自願來青丘長住，要學習三個月的妖族歷史，以消除對妖族的誤解，瞭解妖族的習俗，避免日後生活的麻煩。

是個好規矩，在清廣的影響下，整整五十年時間，修道者們將妖族的人醜化得極其嚴重，要扳回這個態勢，便只好這樣慢慢地一點一滴地改變了。

雁回聽了也沒多想，便點頭答應了。

幻小煙見她答應得這麼乾脆，有些遲疑道：「教歷史的先生很嚴厲，不管是誰，都一視同仁。主人妳要是實在不想學，我回去讓燭離去和國主說一下，妳情況特殊，看能不能直接給妳弄個文書下來。」

雁回擺了擺手：「不就讀個書，學點東西嗎？哪用得著一開始就走後門。沒事，我自己去學，不用你們幫忙。」

幻小煙聞言，看了看旁邊正在看書的天曜，天曜察覺到幻小煙的眼神，頭也沒抬道：「她想學便學，不想學了自然就回來了。」

雁回轉頭盯著天曜：「還小瞧我了，你等著我讀完三個月，憑自己本事拿了文書來打你臉。」

天曜一挑眉，放下了手中書，將雁回望著：「沒拿到呢？」

「沒拿到隨你處置。」

「好。」天曜一口應下，復而拿了書繼續看。

「呃……」幻小煙看著雁回一副志在必得的模樣，補充道：「三個月後有考試的，考試不過還得再讀……」

「沒問題。」雁回道：「考就考，說得像誰沒考過一樣，好歹我這輩子也是被人神童神童地叫過來呢，妖族的一些歷史還能難倒我了？」

幻小煙咂巴著嘴沒再說話，只有天曜一邊看著書一邊淡淡提了一句：「雁回，妳對妖怪其實並不太瞭解。」

雁回不信，她接觸的妖怪還不多嗎？像這個千年龍妖，她都那麼深入地接觸過了。雁回一笑：「上輩子在辰星山，我還從來沒有考試不過的時候。你們等著吧。」

於是，雁回便報了名，第二天就去了青丘的書院，教書的是一個面無表情的女先生，以雁回現在的道行還看不出她的真身，但有一起學習的其他仙人告訴雁回，這先生是個毛筆精，是一個比雪妖還要清冷的毛筆精……

「這本書拿回去抄十遍。」

這是上課的第一天先生說的第一句話。雁回聽得一個猝不及防，她還沒來得及提出一句異議，旁邊的同窗便習以為常地拿了書準備回了。

「等等。」她喚住旁邊的同窗。「這就……回去了？」

「對啊。」同窗點頭道：「一直都是這樣的，每天來報個到，拿個上課的分數就行了。」

「先生不講課的嗎？」

「剛才不是講了嗎？」同窗拿著筆和書晃了晃。「回去抄十遍。」

雁回：「……」

失策了！雁回從書院回去後的第一天就覺得自己是完完全全失策了！

妖族的妖怪們都是不會教課的，他們習慣於捕獵與廝殺，教學全依附於實踐，哪有會老老實實教課本的妖怪，即便有這樣的妖怪，那也是給燭離他們當老師去了，不可能用在對修道者們普及妖族歷史這種事情上……

雁回拿著書院發的毛筆犯了難，這本書據說是先生的分身啊……不能用法力操作，必須真的用手抄書十遍才能算完啊！而且妖族更坑人的是，就這種死記硬背的教學方式，他們居然還有臉算平時成績啊！

雁回這晚只好點了燈一邊暗暗在心裡咬牙，一邊奮筆疾書。天曜在床榻之上斜倚著身子靜靜地看著她：「要我幫忙嗎？」

「不要。」

她說得堅定，完全沒有商量的餘地，於是天曜便不再多言了。

雁回繼續抄自己的書，一晚上十遍，許久未寫過這麼多字，待得天矇矇亮的時候雁回才將書抄完了。她揉著痠脹的手腕和脖子走到床榻邊，一垂頭，才發現天曜竟然睜著眼睛一動不動地看著她。

雁回愣了愣：「你沒睡？」

天曜沒說話，只將雁回輕輕拉住，讓她躺了下來，然後將她結結實實抱在懷裡：「這樣才能睡。」

天曜的懷抱是一如既往地溫暖，雁回一陷進去，睏意就止不住地湧了出來，她只迷迷糊糊嘀咕了一句：「不用等我你也可以先睡的。」

天曜將懷抱收得更緊了一點：「妳說得太簡單了。」

沒有雁回的這十五年，縱使身體完好無損，也依舊補不了內心空茫的大洞。雁回還給了他內丹和護心鱗，但其實，真正能守護他心的鱗甲，還有給他力量的東西，雁回卻拿走了。

只有擁有她，他才算是完整的。

即便現在已經睏得不行，但雁回也在天曜的背上輕輕拍了兩下：「以後我會一直都在的。」

天曜無法再失去她，她也一樣。

卯時雁回又得起了，雖然毛筆精不上課，但是她喜歡隨即抽空來考勤。她喜歡在每個學生的名字旁邊畫圈圈，一個圈代表沒有遲到，收集到了十個圈，才有資格參加三個月後的考試。

毛筆精也喜歡收人作業，抄的十遍書，她喜歡逐個去研究別人的字體，遇見書法好的，就看得津津有味，順帶給個甲等；遇見字不好的就象徵性地掃兩眼，甩個丁等，不及格。

毛筆精對大家的字跡都記得清清楚楚，所以大家也都沒辦法找人幫自己抄書，全部都頂著一雙睡眼來上課。

雁回對自己的字相當忐忑，不過好在毛筆精也不算苛刻，給了她一個丙等，勉強算個普通合格了。雁回剛鬆了一口氣，就聽毛筆精又冷冷甩了一本書出來：「這本，今天拿甲等的回去抄五遍，其餘的，十遍。」

雁回已經好久沒覺得心口像破了一個洞一樣荒涼了，此時此刻，她又體會到了這樣的感覺。

「這日子什麼時候是個頭……」

過了十天，雁回一邊抄著書一邊嘆氣，幻小煙在旁邊聽了馬上道：「我讓燭離幫你忙。」

雁回眼睛一亮：「現在還來得及嗎？」

幻小煙沒答話，旁邊的天曜便插了話進來：「青丘的文書妳想不想要都沒關係，我哪裡都可以帶妳去。」

雁回聞言心頭更是一動：「天曜……」

「不想學了嗎？」天曜放下了書。「好，那今天先讓我抱一個時辰吧。」他向雁回伸出了手。「來。」

雁回：「……」

「妳不是說，沒拿到文書隨我處置嗎？」

雁回一咬牙一狠心，拿著筆頭繼續幹：「我寫！」

天曜嘆了口氣，一副可惜極了的樣子。

如此過了兩個來月，雁回天天抄書倒也抄習慣了，十遍也不在話下，寫的字也能拿到乙等了。眼看著三月之期即將到來，雁回如往常一般卯時去刷考勤，誰知毛筆精竟然甩了一本比平時都厚的書出來，依舊高冷道：「今天結業考試，這本書拿回去抄十五遍明天交給我，沒抄完的當不及格。」

什……

今天就考試了嗎？

沒提前通知啊！考試還是抄書啊！沒聽說過啊！這是哪門子考試啊！這考的是體力吧！妖族的教學怎麼那麼隨便啊！先生你就是在享受別人用你的毛筆寫字的快感吧！

雁回無法控制地湧出這些言語，然而在產生反抗之前，她已經下意識地撿起了書，然後一溜煙回了家。

天曜正在屋子裡打坐，見雁回風風火火回來，還沒說一句話，雁回便已經衝進了書房，開始奮筆疾書了。

開什麼玩笑，她都努力到現在了，怎麼能敗在這最後一役上！現在已經不單純是和天曜打賭的問題了好嗎！她已經賭上了自己的自尊心開始抄書了！

雁回專心致志地抄書，從中午一直坐到晚上，大半夜的時候依舊還有兩遍沒抄完，而她的頭已經開始暈了。她也不知道自己抄到了哪個地方，甚至不知道自己的字寫成了什麼樣子，眼睛一眨一眨地快要閉上，最終她將眼睛閉上，然後一睡不醒。

卯時猛地驚醒的時候，她渾身一個激靈，連數都沒來得及數一下桌上的紙，全部收了抱去了書院。

一路上她忐忑不安，只道自己這三個月的努力算是毀了。但即便這樣，她也要將作業交上去，然後……天曜想幹麼就幹麼吧。拿不到文書，這都是命啊……

可讓雁回沒想到的是，當她將抄好的東西交給毛筆精的時候，毛筆精數了數，然後仔細研究了一下，尤其著重看了一下最後幾張紙，點了點頭，給了個甲等。

雁回有點蒙圈，毛筆精清冷的眼睛裡卻對雁回露出了一點讚揚的眼神：「妳很不錯，一直在進步。最後這幾張紙，寫得很好，有了風骨。」

所以她真的只是在看字吧……

不對，現在好像不是在意這個的時候。雁回甩了甩腦袋：「我這兒有十五份？」

「嗯。」毛筆精粗略一點頭，又恢復了原來的樣子。「等著後天拿文書，下一個。」

雁回有點摸不著頭腦，可她也沒傻得繼續細問，只得抱著書回了家，適時天曜正在院子裡坐在搖椅上閉目小憩。雁回看了他一會兒，目光落在他的衣袖上，廣袖之上有一點墨跡。

雁回心下霎時了然，將最後幾張紙翻出來一看，那上面的字跡與她極為相似，卻自帶一分她所欠缺的冷硬。她看了一會兒，將紙放下，坐到天曜面前。沒坐一會兒，天曜便睜開了眼。他看見雁回的第一瞬間，便對雁回伸出了手。

雁回已經習慣了他這下意識的動作，屁股挪到了天曜腿上，任由天曜將她抱著，兩人便一起在搖椅上悠閒地搖啊搖。

「天曜，你幫我抄了書啊？」

「嗯。」

「為什麼？你不該等著我拿不到文書，然後任由你處置嗎？」

天曜腦袋輕輕貼在雁回耳邊，他說話聲音帶著初醒的沙啞，卻極為撩人。

「我餘生所求，唯願妳高興而已。」他將雁回環得更緊了一點。「妳想要去的地方，我都會帶妳去；妳想要的東西，我都會幫妳拿到；妳想追求夢想，就盡情奔跑，我做妳的跑道；妳累了疲了，想偷懶歇歇，我做妳可以放肆任性的港灣。」

明明只是說話而已，雁回卻聽得身體都微微有些軟了。

「那你本來，想處置我什麼事啊？」

聽到這話，天曜頓了頓，然後將雁回的腦袋強迫著往後面轉了轉，他親吻上她的嘴唇，溫軟溼熱：「妳想要小龍嗎？」

雁回臉頰登時一熱：「小龍人嗎？」

天曜一笑：「對，也可以叫這個。」

「現在嗎？」

「如果妳現在想……」

雁回還在愣神，身體逕直被騰空抱起，雁回一驚：「現在還是早上啊！」

「我昨夜沒睡，而妳沒睡好，便當補眠吧。」

雁回哭笑不得：「這也能補！」

然而她的聲音已經被關在了房間內，院裡只剩下搖椅還在陽光裡晃晃悠悠，美得像幅畫。

番外二 日常兩三事

一

天亮的時候，天曜從院外走進來，頭髮有點散亂。雁回守在院子門口等他，見他回來，心生幾分埋怨：「昨天晚上一言不發去哪兒了？」

天曜一個大步邁上前來，將雁回抱住，勁力不大，卻將雁回抱得結結實實。

雖然天曜時不時地抱她已經成了常態，但雁回還是隱隱察覺出天曜今天的懷抱與往日有點不一樣，她問：「妳這是怎麼了？」

天曜一隻手環住她的腰，一隻手輕輕拍了拍她的後腦杓：「未來幾個月要注意身體，不要再費神修行。」

雁回聽得這話更是愣神：「為什麼？」她從他懷裡探出頭來看他。「未來幾個月，這天下有什麼大事要發生嗎？」

天曜一本正經地望著她，肅容道：「有。」

許久未見天曜如此正經的神色，雁回登時手心一緊，不由得肅了神色：「怎麼了？」

「小龍人要出世了。」

雁回嚴肅的表情並沒在第一時間收回去，她依舊保持著要聽到什麼毀天滅地的大消息的神態看著天曜，看了天曜許久……然後表情才慢慢顯露出了錯愕，腦袋終是將這話反應了過來。

雁回愣怔，垂頭看自己的腹部，然後不敢置信地用手將小腹捂住：「小龍人……在裡面了？」

「嗯。」

雁回就這樣站在原地，眨著眼睛愣然失神。她從沒想過，這一天會來得這樣突然，還是天曜……親口告訴她的……

「你什麼時候知道的？」

「半月前開始猜測。」

「你為什麼不早點告訴我？」

「我一直在確認。」

「什麼時候確認的？」

「昨晚。」

「所以你昨晚……」

天曜點了點頭：「太高興了。」他將雁回重新按進自己懷裡，抑制不住地嘴角微微翹了起來。「就忍不住出去飛了幾圈。」

高興得出去狂奔……

雁回拍了拍他的後背，也笑出聲來：「出息！」

二

小龍人在雁回肚子裡並不乖。

沒有多久雁回便開始嘔吐了，半點葷腥都不能沾，聞到味道都會吐得七葷八素的。沒幾天，雁回竟看起來消瘦了許多。

天曜看著心疼，但除了在雁回吐得頭暈眼花的時候給她順順體內氣息以外，也無能為力。這樣過了些時間，天曜便開始有點後悔了：「沒有小龍人，妳也就不會吃苦了。」他道：「再沒下一個了。」

雁回笑他：「我都還沒說什麼呢，你這個當爹的就開始嫌棄了。」

天曜抱著她，拍了拍她的背，沒有說話，好似默認。

對他來說，雁回才是一切。不管是孩子或者其他任何東西，都不能傷害她。而現在這個寶寶一點都不乖，於是他便真的如雁回所說，開始嫌棄他了。

待得終於熬過了孕吐的時間，雁回卻開始睡不安穩了。她總是作惡夢，夢裡偶爾出現子辰和凌霄身死的那一幕，還會夢見自己流血不止的胸膛和被剜出來的心臟。

漸漸地，她開始睡不著覺，閉上眼睛潛意識裡便是那些可怕的畫面。她沒敢與天曜說，她害怕自己夢見的這些過去的陰影惹天曜擔心。

但身邊人睡不好天曜怎麼會不知道，可雁回不說，他便也不問。

在雁回輾轉反側極難安眠的一夜，天曜叫醒了她，說：「雁回，我們去看星星。」

他將雁回帶去青丘一座山峰之上，那裡視野開闊，夜裡無風無月，只有漫天繁星在夜空之中安靜地閃爍。

天曜靜靜地將她攬在懷中，也沒有多說話，任由青丘的夜風在兩人身邊吹過。

雁回便在夜空與夜風之中，慢慢起了倦意。她開始和天上的星星一起眨眼，然後慢慢地闔上。

在清醒與沉睡的邊緣，她似乎感到身後溫熱的胸腔在微微震動，他與她輕聲說著：「雁回，我會一直都在的。」

雁回便安心地陷入了沉睡。

打那以後，雁回便不再作惡夢了，只是養成了一個「不好」的習慣，她總得天曜在身後抱著她才能安然入睡。

偶爾早上起來，她還能看見天曜在揉搓自己的胳膊，似乎麻得不行。她見了本有些不好意思，但因肚裡的小龍人有一半也是該天曜負責的，她便心安理得起來，故作大方地拍拍天曜的胳膊：「你受累，等他出來，咱倆一起收拾這小傢伙。」

天曜哭笑不得，最後只得點了點雁回已經高高隆起的肚子：「乖一點。」

再沒過多久，小龍人便真正出來了。

這一天意外地順利，雁回甚至都沒覺得有多痛。

只是當小龍人被裹著抱到雁回面前的時候，雁回看了他一眼，眨巴了兩下眼睛，又看了旁邊的天曜一眼，她的目光在小龍人與天曜之間來回轉了好多次，最後開口了：

「除了這兩隻粉嘟嘟的小龍角，我真是沒看出來，這皺巴巴的小老頭，哪裡像我生出來的？」雁回問天曜：「你小時候也這樣嗎？」

天曜正啞口無言之際，一旁的幻小煙立即用棉布堵住了小龍人的耳朵：「你們夫婦怎麼這麼說話？他聽到會難過的！」

雁回撇了撇嘴，她抱住小龍人，拿了幻小煙手裡的棉布，給小龍人輕輕擦了擦眼睛。

雁回再看便覺得沒有第一眼那麼皺了，她心安下來，抬頭望天曜：「他以後會越來越好的吧？」

天曜點頭：「會的。」

窗外陽光正好，天曜的聲音也溫暖似暖陽：「像我們一樣。」

越來越好。

讀心

護心

下卷

作　　者／九鷺非香
執 行 長／陳君平
榮譽發行人／黃鎮隆
協　　理／洪琇菁
總 編 輯／呂尚燁
執 行 編 輯／陳昭燕
美 術 監 製／沙雲佩
美 術 編 輯／方品舒
國 際 版 權／黃令歡、梁名儀
企 劃 宣 傳／陳品萱
內 文 校 對／施亞蒨
內 文 排 版／謝青秀

國家圖書館出版品預行編目資料

護心 / 九鷺非香作 . -- 1 版 . -- 臺北市：城邦文化事業股份有限公司尖端出版：英屬蓋曼群島商家庭傳媒股份有限公司城邦分公司尖端出版發行, 2023.04
冊；　公分
ISBN 978-626-356-422-0（下卷：平裝）

857.7　　112002303

出版／城邦文化事業股份有限公司　尖端出版
台北市 104 中山區民生東路二段 141 號 10 樓
電話：（02）2500-7600　傳真：（02）2500-2683
讀者服務信箱：7novels@mail2.spp.com.tw
發行／英屬蓋曼群島商家庭傳媒股份有限公司城邦分公司　尖端出版
台北市 104 中山區民生東路二段 141 號 10 樓
電話：（02）2500-7600　傳真：（02）2500-1979
劃撥專線：（03）312-4212
戶名：英屬蓋曼群島商家庭傳媒（股）公司城邦分公司
劃撥帳號：50003021
※ 劃撥金額未滿 500 元，請加付掛號郵資 50 元
法律顧問／王子文律師　元禾法律事務所　台北市羅斯福路三段 37 號 15 樓

台灣地區總經銷／中彰投以北（含宜花東）　楨彥有限公司
電話：（02）8919-3369　傳真：（02）8914-5524
雲嘉以南　威信圖書有限公司
（嘉義公司）電話：（05）233-3852　傳真：（05）233-3863
（高雄公司）電話：（07）373-0079　傳真：（07）373-0087
馬新地區總經銷／城邦（馬新）出版集團 Cite（M）Sdn Bhd
電話：603-9057-8822　傳真：603-9057-6622
E-mail：cite@cite.com.my
香港地區總經銷／城邦（香港）出版集團 Cite（H.K.）Publishing Group Limited
電話：852-2508-6231　傳真：852-2578-9337
E-mail：hkcite@biznetvigator.com

版　次／ 2023 年 4 月 1 版 1 刷